POÉSIES

DE

ANDRÉ CHÉNIER

POÉSIES

DE

ANDRÉ CHÉNIER

AVEC UNE PRÉFACE

PAR

L. VILLE

WILDSIDE PRESS

PRÉFACE

Il a été donné à la littérature française de trouver une des étapes nécessaires à l'évolution de l'expression poétique vers l'individualisme dans l'œuvre d'André Chénier.

Sa famille était originaire du Poitou ; son père, né en 1722, quitta la France pour Constantinople en qualité de député de la Nation, sorte d'attaché commercial, pour le compte du Languedoc ; ayant plu par son honnêteté à l'ambassadeur de France près a Sublime-Porte, celui-ci le fit nommer consul général par la Cour de France. Il se maria dans cette même ville avec une jeune Grecque, Mlle Santi-l'Homaka, et le nouveau couple y resta durant dix années, au cours desquelles naquirent quatre fils et quatre filles ; trois de ces dernières moururent à Constantinople.

Notre poète, André-Marie, né le 30 octobre 1762, revint en France avec sa famille, décidé à poursuivre la carrière diplomatique. Son père en effet partit en mission en Afrique en 1767, laissant à sa femme restée à Paris le soin de l'éducation de ses enfants. En 1773, André et ses frères durent entrer au collège de Navarre ; lui connaissait bien le grec à seize ans, et selon la tradition d'alors s'essayait à traduire Homère. Il gagna au collège des amitiés précieuses, comme celle des Trudaine et des de Pange.

Son père, revenu en France, s'employa à éviter une trop longue inaction à l'adolescent sorti du collège. André partit à Strasbourg au régiment d'Angoumois, en qualité de cadet gentilhomme, c'est-à-dire officier stagiaire. Il fut très vite las de la monotonie de la vie de garnison, tempérée heureusement par quelques occupations littéraires, qui firent naître en particulier deux épîtres au poète Le Brun. Il y fit la connaissance d'un érudit très prisé, officier comme lui, dont il lut les *Analecta*. Après avoir pris patience pendant six mois, n'y tenant plus, il revint à Paris, justifiant son retour par une crise de coliques néphrétiques. Il lui fallait beaucoup de calme et de repos, le changement d'air ; aussi partit-il en

Italie avec ses amis les frères Trudaine ; il se proposait aussi de visiter la Grèce. Il ne nous reste pas beaucoup de notes de son voyage et de sa visite de Rome. Il y mena une vie très élégante, curieux de musique, assidu à quelques salons littéraires où il fit la connaissance du poète italien Alfieri ; c'est probablement à cette époque qu'il composa la petite élégie *La jeune Tarentine*. Il va ensuite à Naples, mais une nouvelle crise l'oblige à rebrousser chemin et à renoncer à la Grèce.

Tout se passe comme si le caractère de son père et celui de sa mère s'étaient fondus en lui : son père probe et volontaire, sa mère enjouée sans être superficielle, belle et spirituelle, sensible à toutes les formes de l'art. Il fit de bonne heure un partage très net de son activité : une vie mondaine brillante dans le salon de sa mère et ceux de leurs amis, de nombreuses relations politiques ; un travail de méditation assidue, de polissage journalier de la matière poétique ; pour cela il cherche délibérément la vie calme et le repos des sites champêtres, négligeant la popularité, à l'encontre de son frère Marie-Joseph plus ambitieux et moins rassis ; ce qui ne l'empêchait pas d'être très prisé dans le cercle étroit des amis intimes, aussi bien que dans les salons mondains.

Il connut en effet des personnes de goût délicat et de cultures diverses, dans le salon de sa mère que fréquentaient Le Brun, poète alors très en vogue, l'illustre David, peintre de la grandeur antique, ses amis que nous avons cités, le chimiste Lavoisier, le philosophe Condorcet. Tous assistaient avec satisfaction à l'éclosion du talent d'André ; ses jeunes amis, son frère Marie-Joseph et lui formaient un cénacle plein d'entrain, qui avait cependant fort à faire pour vaincre la pudeur d'André à lire ses œuvres, dont on appréciait la délicate richesse.

C'était un travail patient de transformation de lectures de poètes anciens, dont on retrouve très facilement les passages : véritable effort de résurrection. Si l'on admet qu'il subsistait encore quelques réminiscences affaiblies de la querelle des Anciens et des Modernes, nous pouvons dire que Chénier a dénoué la querelle avec bonheur ; car il s'est attaché à faire revivre la poésie ancienne en donnant au lecteur français les émotions mêmes de la langue originelle, ses contours spécifiques, en une langue française pure, sobre, sans fioritures, en un mot, une véritable restitution. Sur un tout autre plan, n'est-il pas le restaurateur de la Cité antique, nous mettant sous les yeux les croyances et l'état d'esprit, les habitudes du monde gréco-romain, et même, partiellement, judéo-assyrien (*Suzanne*).

Il travaillait avec une méthode minutieuse, dressait un plan à l'avance, plan non dénué de valeur littéraire par lui-même, ne voulait rien laisser au hasard. C'est de cette manière par exemple qu'il entreprit la composition d'un vaste poème, l'*Hennès*, dont nous ne possédons que le plan et quelques fragments ; rival de Lucrèce en même temps que continuateur, Chénier veut y exposer, en fresques aussi fouillées, l'état moderne des connaissances et les aspirations de son époque : cosmogonie, géologie, les âges du monde, les climats, les saisons, la théorie très détaillée de Buffon concernant la division de la matière en matière brute et matière organisée :

« Ces parties de vie, ces semences premières sont toujours en égale quantité sur la terre et toujours en mouvement. Ils passent de corps en corps, s'alambiquent, s'élaborent, se travaillent, fermentent. »

(Extrait du plan.)

Le livre II traite de l'homme et de son évolution ; le chant III devait être un traité de sociologie, et des différentes structures des sociétés. Nous voyons donc qu'il n'a pas échappé à la tendance de son siècle de transformation spirituelle, de position sceptique et d'appréciation raisonnée de la valeur permanente des problèmes. Car il ne faut pas oublier que Chénier, comme ses contemporains en cette période de revision des valeurs, ne devait pas échapper à l'influence des travaux scientifiques de Buffon, Condorcet, sans oublier, il va de soi, le pain quotidien des écrits de Voltaire et de Rousseau, où il devait puiser le désir ardent des libertés constitutionnelles qui suscita son enthousiasme à la nouvelle de la victoire de l'insurrection des colonies anglaises d'Amérique. Mais il faut dire que ce culte de la liberté ne s'alliait ni à un sens pratique ni surtout à un sens politique bien développés.

Nous avons dit que son œuvre était d'inspiration ancienne, mais indépendante. Telle est en effet sa façon de voir, amplement développée dans son poème l'*Invention*. Il faut que :

> *Sur leurs sentiers marqués de vestiges si beaux*
> *Sa roue ose imprimer des vestiges nouveaux.*

Changeons tout, la langue et les idées, et ne gardons que l'exemple :

> *Sur des pensers nouveaux faisons des vers antiques.*
> *...O langue des Français, est-il vrai que ton sort*
> *Est de ramper toujours...*

Il a donc travaillé à transcrire l'état d'âme résultant des œuvres antiques, et d'autre part à nous fournir des émotions identiques avec notre propre langue et les concepts modernes. Cette recherche de l'analogie des sentiments l'a aussi conduit à considérer à travers les événements de son temps tourmenté les aspects historiques de

la vie antique : la forme constitutionnelle, la conception de la
liberté ; tel son morceau intitulé la *Liberté* où la forme de dialogue
et les images évoquent si naturellement les œuvres de Virgile par
exemple.

Durant toute cette période de liberté studieuse, se délectant de
son propre travail de création artistique conforme à son idéal,
il allait se divertir dans les réunions distinguées où ses qualités de
brillant causeur le faisaient choyer de tous.

Ce fut aussi l'ère de sa vie sentimentale : il s'éprit d'une charmante et spirituelle personne, M.ᵐᵉ de Bonneuil, qu'il chanta sous
le nom de Camille. Il ne faut naturellement pas omettre de dire
que d'autres heureuses personnes également charmantes eurent
le plaisir de goûter son intimité et de susciter sa débordante
admiration d'esthète. Il menait aussi certains soirs grand sabbat
au cabaret, en compagnie de ses amis en littérature, parmi un
monde d'artistes et de nobles originaux, comptant des personnes
du beau sexe qui n'étaient guère farouches. Mais enfin, il fallut
rentrer dans le cadre social, et en 1787 il partit pour Londres en
qualité d'attaché d'ambassade ; il n'eut pas à faire face à beaucoup d'occupations, aussi refusa-t-il son traitement pour cette
unique raison, qu'aucune personne aguerrie à la vie n'aurait
certes alléguée. A Londres il s'ennuya fort, ne goûtant pas le
caractère hautain de la noblesse du pays ; aussi fut-ce pour lui
une nouvelle occasion de s'adonner à l'étude, de lire des auteurs
anglais, dont le philosophe Milton, Shakespeare dont la tragédie
ne l'enthousiasme pas outre mesure, imbu qu'il était d'idéal classique ; il s'y intéresse aussi aux écrits politiques à tendance
éminemment libérale ; deux années passèrent ainsi.

Cependant les luttes politiques en France s'étant développées :
réunion des États Généraux dont on attend avec impatience une
ère nouvelle de justice, de bien-être ; notre poète est d'abord on
ne peut mieux disposé ; le soulèvement des 12 et 13 juillet lui
donne des inquiétudes pour sa famille ; étant dans l'incertitude
des événements exacts et ne voyant pas de cause apparente à une
telle éventualité, il demande et obtient son retour en France où
nous le voyons en 1790. Il passe le printemps sur les bords du
Rhône ; c'est la date de composition de l'*Invention* et du *Jeu
de paume*.

C'est ici que nous allons revoir son inexpérience pratique et son
enlisement progressif dans des disputes funestes où l'enfonça
toujours plus avant l'entêtement acquis dans le commerce des
idées abstraites. Au début tout allait encore bien, l'immense
épanouissement du Tiers-état avait un peu grisé toutes les classes
bénéficiaires, la Constitution était établie, et les polémiques
allaient leur train. André collabore à la presse, au *Journal de*

Paris, aux *Mémoires de la société de 1789*, il défend ardemment la justice, la liberté, surtout celle de pensée.

Mais devant la progression continue des éléments extrémistes républicains, il fait paraître dans les *Mémoires de la société de 1789* son manifeste : *Avis au peuple français sur ses véritables défenseurs*, qui eut un grand retentissement même hors des frontières, où il fut traduit en plusieurs langues, et valut à son auteur l'octroi d'une médaille d'honneur par le roi Stanislas de Pologne, auquel il répondit dignement en homme libre. C'est dans cet opuscule que s'affirment les idées nobles du poète devenu publiciste, son amour de la patrie française dans un régime de monarchie constitutionnelle, sa désapprobation des partis politiques, des clubs, ayant pour effet la dissension intérieure et l'affaiblissement du prestige de la pensée française encyclopédiste.

Ces vues personnelles n'entravèrent pas la progression de ses adversaires politiques ; les Jacobins organisaient un réseau de clubs s'étendant sur toute la France, des exécutions capitales avaient lieu ; notre poète se jette sur la pente politique en intellectuel radical ; il est obligé de mener une polémique soutenue dans le *Journal* contre son propre frère Marie-Joseph ; c'est André qui rompt les premières lances avec les Jacobins, les accusant, ce que l'histoire a d'ailleurs confirmé, d'être un état dans l'État et de ce fait d'essence contraire à la Constitution de 1791. Entre eux deux, et à cause du caractère tranchant de son frère, excité par ses amis politiques, le différend ne put être tranché que par l'intervention de la famille pour faire cesser les articles de journaux.

Peu après, au début de 1792, nouvelle alerte. Des fêtes sont données par la municipalité de Paris en l'honneur du régiment suisse mutiné de Châteauvieux et que l'Assemblée Nationale, sur l'insistance des Jacobins, dont Collot d'Herbois, venait d'amnistier. Une diatribe hardie paraît dans le *Journal*, signée une fois de plus par Chénier André, stigmatisant une telle prime à l'indiscipline, c'est l'*Hymne aux suisses de Châteauvieux* paru le jour même de la fête, qu'ordonnançaient justement son ami David et son frère Marie-Joseph à la déception du poète. Sur un ton satirique, il vante les fautes de ces soldats (pillage de la caisse assassinat d'un officier), ces soldats :

> *Qui n'ont égorgé que très peu nos frères*
> *Et volé très peu d'argent*

et Beaux-arts...

> *Hâtez-vous, rendez immortel*
> *Le grand Collot d'Herbois, ses élèves helvétiques.*

Depuis ce jour, ses attaques envenimées deviennent fréquentes

et directes dans son *Journal de Paris* contre ses adversaires,
« despotes insolents qui tyrannisent la liberté au nom de la liberté
même ». Il désigne nommément ses ennemis : Brissot, Condorcet,
son ancien co-rédacteur dont il avait vanté auparavant sans
restriction « de bien mériter de l'espèce humaine » et qui aujour-
d'hui « a trouvé la honte à devenir l'ami, le compagnon de Brissot
et de Marat », sans excepter David, Le Brun. Des haines sourdes
étaient fondées. Il va jusqu'à essayer de se faire entendre à
l'Assemblée Nationale.

Sur ces entrefaites, insurrection renversant la royauté et disper-
sant ses partisans. Malesherbes, avocat du Roi, prie Chénier,
dont il avait pu apprécier auparavant la valeur, de le seconder
dans sa tâche, et c'est la preuve qu'André, malgré son désintéres-
sement à ce sujet, avait acquis une solide réputation.

Après l'exécution de Louis XVI, la résidence de Chénier à Paris
devient un danger pour sa personne, des listes de proscription
circulent, et ses proches le décident à s'éloigner jusqu'à Rouen
pour quelque temps. Puis il revient près de Paris, son frère Marie-
Joseph lui loue une maison retirée à Versailles où, souffrant, il se
remet à son *Hermès* et produit quelques petits morceaux poétiques.

Il se retrempe dans la tendresse chaste d'une jeune dame,
Mṁe Laurent Lecoulteux, qui habitait non loin, venue comme lui
se réfugier loin de la tourmente révolutionnaire, et connue dans
les œuvres du poète sous le nom de Fanny. Il allait soumettre à
son appréciation des fragments de sa *Suzanne*. C'est pour cette
même personne qu'il a composé une épitaphe émue : *La mort
d'un enfant*.

Pendant ces vacances forcées dans ce havre d'amour, le bouil-
lonnement révolutionnaire continuait à Paris. Le 13 juillet 1793,
Marat est assassiné ; naturellement, il est pleuré par le régime
et ses poètes ralliés, d'où indignation d'André qui composa
l'*Ode à Charlotte Corday*. Le régime de terreur s'affirmait : le
chimiste Lavoisier, son ami, est aussi exécuté.

Par la suite, Chénier, s'estimant oublié, revient à Paris chez son
père. Ce n'est que par un malencontreux concours de circons-
tances qu'il est arrêté. En venant rendre visite à un ami, il y est
trouvé par un représentant du comité révolutionnaire venu
perquisitionner et arrêter l'hôtesse du lieu. Mais celle-ci a fui à
temps, et la présence d'André semble suspecte au délégué qui y
voit un certain rapport ; en effet, par renseignement des voisins,
il est établi qu'André vient d'accompagner et d'assister au départ
d'une dame, par la poste ; André refuse de dévoiler l'identité
de la dame. Il est interrogé et, malgré sa carte d'une section de
Brutus, il est conduit au Comité de Passy, lequel l'expédie à la

prison du Luxembourg où le concierge refuse de 'admettre ; il est interné à celle de Saint-Lazare. Malgré les efforts de son père affolé, on ne réussit pas à le faire relâcher avant l'inscription de l'ordre d'écrou ; il devra être traduit devant le tribunal. Son frère Sauveur est aussi arrêté à Beauvais, son frère Marie-Joseph est traqué par la haine de Robespierre. Son père harcèle ses relations bien placées, Barère, pour arriver à libérer son fils, lequel arrive enfin à le persuader que la seule tactique actuellement possible est de chercher à passer inaperçu.

André est donc en prison avec les frères Trudaine, de nombreuses personnes représentatives de la noblesse des deux sexes : une jeune fille de dix-huit ans, Mlle Aimée de Coigny, âme tendre, émotive, cultivée, et qui par sa crainte de la mort attendrit André au plus haut point et lui inspire sa pièce La jeune Captive.

André n'a pas plus de retenue dans sa prison que dans son journal ; il a commencé déjà à exhaler son mépris à haute voix, puis sur la prière de son père il se calme ; mais il n'en écrira pas moins ; c'est à ce véhément emportement que nous devons ces philippiques enflammées de la fin de ses œuvres, qu'il expédiait à son père dans son linge de rechange que le geôlier amadoué transmettait à celui-ci. Mais la patience de son père est vite essoufflée ; il veut à tout prix délivrer ses deux fils et, confiant dans une nouvelle loi, il adresse une requête au conseil du Tribunal révolutionnaire, il harcèle de nouveau Barère qui intervient enfin, l'éveil est ainsi donné au Comité, l'allure de l'affaire Chénier s'accélère ; André comparaît devant le Tribunal qui le condamne ; parmi les chefs d'inculpation figure l'affaire Châteauvieux, vengeance de Collot d'Herbois. Il est exécuté le lendemain sur la « place de la barrière Renversée, ci-devant barrière du Trône ».

C'est le jour suivant que Robespierre est mis en accusation par la Convention, ce qui accroît le désespoir de son père et de son frère Marie-Joseph, lequel se roule à terre de douleur.

Marie-Joseph fut accusé d'avoir assassiné son frère par sa négligence, calomnie qu'il a d'ailleurs fustigée par des vers célèbres et mâles.

Comme dernier trait de sa mauvaise étoile, André Chénier n'a pas de tombeau personnel, on ignore où repose sa dépouille. Il est admis que son squelette se trouve aux Catacombes de Paris, dans ces sombres souterrains si contraires à ses vœux :

> Vous-mêmes choisirez pour mes jeunes reliques
> Quelques bords fréquentés des Pénates rustiques,
> Des fleurs et de l'ombrage et tout ce que j'aimai.

André est donc mort à l'âge de trente-deux ans sans avoir donné la mesure de son talent ; en effet, il y a déjà dans les dernières pièces de ses œuvres l'indice d'une certaine bifurcation ; à ce moment sous le coup de sa haine, le monde extérieur a retenti avec puissance sur son cœur, a fait jaillir ses plaintes, et ses passions ont renouvelé son vocabulaire ; on peut vraiment lui appliquer cette image de la lyre vibrante, réagissant fatidiquement au milieu ambiant.

En supposant que la courbe de sa vie n'ait pas été si brusquement interrompue, nous pouvons imaginer qu'il aurait assisté aux débuts du Romantisme et aurait connu les *Méditations* de Lamartine, que ses propres passages comme celui-ci laissaient rationnellement prévoir (*Elegie-Neere*) :

> O cieux, ô terre, ô mer, prés, montagnes, rivages,
> Fleurs, bois mélodieux, vallons, grottes sauvages,

analogues au style et au mouvement du *Lac*.

Et en le supposant avoir atteint un peu plus de soixante-dix ans, il aurait connu toute l'explosion romantique. Sa position aurait été probablement favorable, puisque aussi bien il a fait des esquisses dans ce sens non seulement dans ses toutes dernières poésies individualistes, mais encore par son poème également inachevé de *Suzanne* dont nous possédons plan et fragments, qui a trait exclusivement à l'histoire biblique cimentée de descriptions de mœurs assyriennes et hébraïques, où par conséquent il se proposait de reconstituer la couleur locale de cette époque et de ce groupe social : Babylone, Daniel, chants de la captivité des Juifs, les bons et les mauvais anges, le problème de l'adultère et les « détails historiques et géographiques sur tous ces pays, Phénicie, Judée, Damas, etc. »

> *(Extrait du plan.)*

On ne peut s'empêcher de croire qu'il n'y a dans cet Essai qu'une simple différence de degré avec les sources du futur Romantisme qui sont le moyen âge ; que son esprit éclectique admettait très bien des changements dans les thèmes et même la forme, heureux seulement de voir l'art vivre.

Aussi bien si la loi de la réversibilité peut s'appliquer en cette matière, nul doute alors qu'il en aurait été ainsi. Nous voulons parler de la position à son égard des écoles littéraires postérieures. Reférons-nous à Sainte-Beuve : « André Chénier est un des maîtres de la poésie française du XIXᵉ siècle et notre plus grand classique en vers depuis Racine et Boileau ; il eut cette bonne fortune d'être revendiqué par les diverses écoles littéraires... par les classiques pour la pureté admirable de son style, par les romantiques pour ses innovations hardies et son originalité. » Non seulement il fut considéré, mais imité ; ainsi on retrouve chez Vigny maints passages dont la forme et la structure patiente possèdent une grande analogie avec certains morceaux de son *Hermès* (*le Déluge*, quelques endroits du *Moïse*, et en général les *Poèmes antiques*).

Ce mélange des deux grands courants de la poésie ressort aussi d'une part par une lecture attentive et son admiration pour Malherbe qu'il proclame hautement ; d'autre part, bien qu'il le passe sous silence, il a probablement grappillé aussi chez Ronsard, dont la pièce *Au bûcheron de la forêt de Gâtine* possède une ressemblance frappante de rythme et de composition avec la pièce de Chénier *Sur la mort d'un enfant*. D'ailleurs il est aujourd'hui bien admis que, sauf les néologismes qui n'ont pu prendre corps dans notre langue, la manière de Ronsard se retrouve et s'identifie aisément chez Chénier.

A tous égards nous devons regretter la mort d'un poète qui laisse inachevées tant de pièces, dont ses deux poèmes qui, par leur ampleur, n'auraient pas manqué d'être des monuments solides de notre culture.

VILLE.

I

INVOCATIONS A LA POÉSIE

Vierge au visage blanc, la jeune Poésie,
En silence attendue au banquet d'ambroisie,
Vint sur un siège d'or s'asseoir avec les Dieux,
Des fureurs des Titans enfin victorieux.
La bandelette auguste, au front de cette reine,
Pressait les flots errants de ses cheveux d'ébène
La ceinture de pourpre ornait son jeune sein.
L'amiante et la soie, en un tissu divin,
Répandaient autour d'elle une robe flottante,
Pure comme l'albâtre et d'or étincelante.
Creux en profonde coupe, un vaste diamant
Lui porta du nectar le breuvage écumant.
Ses belles mains volaient sur la lyre d'ivoire.
Elle leva ses yeux où les transports, la gloire,
Et l'âme et l'harmonie éclataient à la fois.
Et, de sa belle bouche, exhalant une voix
Plus douce que le miel ou les baisers des Grâces,
Elle dit des vaincus les coupables audaces,

2

Et les cieux raffermis et sûrs de notre encens,
Et sous l'ardent Etna les traîtres gémissants.

II

MA MUSE

1

. . . .
Ma muse fuit les champs abreuvés de carnage,
Et ses pieds innocents ne se poseront pas
Où la cendre des morts gémirait sous ses pas.
Elle pâlit d'entendre et le cri des batailles,
Et les assauts tonnants qui frappent les murailles ;
Et le sang qui jaillit sous les pointes d'airain
Souillerait la blancheur de sa robe de lin.

2

Un berger poète dira :
Mes chants savent tout peindre. Accours, viens les enten-
                                              [dre.
Ma voix plaît, Astérie, elle est flexible et tendre.
Philomèle, les bois, les eaux, les pampres verts,
Les Muses, le printemps habitent dans mes vers.
Le baiser dans mes vers étincelle et respire.
La source aux pieds d'argent qui m'arrête et m'inspire
Y roule en murmurant son flot léger et pur ;
Souvent avec les cieux il se pare d'azur.
Le souffle insinuant, qui frémit sous l'ombrage,
Voltige dans mes vers comme dans le feuillage.

Mes vers sont parfumés et de myrte et de fleurs :
Soit les couleurs dont l'été ranime les couleurs,
Soit celles que seize ans, été plus doux encore,
Sur une belle joue ont l'art de faire éclore.

3

Un jeune berger dira :

Ma Muse échevelée, amante des Naïades,
Suit leurs pas sous l'abri des obscures Dryades ;
Et, sa flûte à la main, va, de ses doux concerts,
De vallons en vallons, réjouissant les airs.
Tout à coup les vallons, les airs, la grotte sombre,
De joie, à ses concerts, poussent des cris sans nombre
Car de ses doux accents, de ses vives chansons,
Faunes, Nymphes, pasteurs, ont reconnu les sons.
Soudain, de toute part, volent à son passage
Les Nymphes au front blanc couronné de feuillage,
Le Satyre au pied double, et Faunes et Sylvains,
Et vierges et pasteurs, et tous frappant leurs mains
« La voilà », disent-ils ; en tumulte ils accourent ;
Ils s'appellent l'un l'autre ; ils la fêtent, l'entourent :
Se plaignent qu'elle ait pu si longtemps les quitter.
Elle rit ; on la suit pour l'entendre chanter.

4

En commencer une autre ainsi :

Allons, Muse rustique, enfant de la nature,
Détache ces cheveux, ceins ton front de verdure.

Va de mon cher de Pange égayer les loisirs.
Rassemble autour de toi tes champêtres plaisirs ;
Ton cortège dansant de légères Dryades,
De Nymphes au sein blanc, de folâtres Ménades.
Entrez dans son asile aux Muses consacré,
Où de sphères, d'écrits, de beaux-arts entouré,
Sur les doctes feuillets sa jeunesse prudente
Pâlit au sein des nuits près d'une lampe ardente.
Hélas ! de tous les Dieux il n'eut point les faveurs.
Souvent son corps débile est en proie aux douleurs.
Muse, implore pour lui la Santé secourable,
Cette reine des Dieux sans qui rien n'est aimable,
Qui partout fait briller le sourire, les jeux,
Les grâces, le printemps. Qu'indulgente à tes vœux
Le dictame à la main, près de lui descendue,
Elle vienne avec toi présenter à sa vue
Cette jeunesse en fleur, et ce teint pur et frais,
Et le baume et la vie épars dans tous ses traits.
Dis lui : « Belle Santé, Déesse des Déesses,
Toi sans qui rien ne plaît, ni grandeurs, ni richesses,
Ni chansons, ni festins, ni caresses d'amours.
Viens, d'un mortel aimé viens embellir les jours.
Touche-le de ta main qui répand l'ambroisie.
Ainsi tu nous verras, troupe agreste et choisie,
Les hymnes à la bouche, entourer tes autels,
Santé, reine des Dieux, nourrice des mortels.

(Ce morceau sur la Santé est légèrement imité de la belle hymne à la Santé, d'Ariphon le Sicyonien, que beaucoup d'anciens ont citée et qui reste dans Athénée. Tous les monuments qui me sont connus mettent dans les mains de cette Déesse un serpent qui était le symbole de la vie, mais cette image n'eût pas été agréable.)

5

Ma muse pastorale aux regards des Français
Ose ne point rougir d'habiter les forêts ;
Elle veut présenter aux belles de nos villes
La champêtre innocence et les plaisirs tranquilles ;
Et, ramenant Palès des climats étrangers,
Faire entendre à la Seine enfin de vrais bergers.
Elle a vu, me suivant dans mes courses rustiques,
Tous les lieux illustrés par des chants bucoliques.
Ses pas de l'Arcadie ont visité les bois,
Et ceux du Mincius, que Virgile autrefois
Vit à ses doux accents incliner leur feuillage,
Et d'Hermus aux flots d'or l'harmonieux rivage,
Où Bion, de Vénus répétant les douleurs,
Du beau sang d'Adonis a fait naître des fleurs.
Vous, Aréthuse aussi, que de toute fontaine
Théocrite et Moschus firent la souveraine ;
Et les bords montueux de ce lac enchanté,
Des vallons de Zurich pure divinité,
Qui du sage Gessner à ses Nymphes avides
Murmure les chansons sous leurs antres humides.
Elle s'est abreuvée à ces savantes eaux,
Et partout sur leurs bords a coupé des roseaux.
Puisse-t-elle en avoir pris sur les mêmes tiges
Que ces chanteurs divins, dont les doctes prestiges
Ont aux fleuves charmés fait oublier leur cours,
Aux troupeaux l'herbe tendre, au pasteur ses amours.
De ces roseaux liés par des nœuds de fougère
Elle osait composer sa flûte bocagère,

Qui, sous ses doigts légers, exhalant de doux sons,
Chantait Pomone et Pan, les ruisseaux, les moissons,
Les vierges aux doux yeux, et les grottes muettes,
Et de l'âge d'amour les chaleurs inquiètes.

III

L'AVEUGLE

— « Dieu dont l'arc est d'argent, Dieu de Claros, écoute,
O Sminthée-Apollon, je périrai sans doute,
Si tu ne sers de guide à cet aveugle errant. »

C'est ainsi qu'achevait l'aveugle en soupirant,
Et près des bois marchait, faible, et sur une pierre
S'asseyait. Trois pasteurs, enfants de cette terre,
Le suivaient, accourus aux abois turbulents
Des molosses, gardiens de leurs troupeaux bêlants
Ils avaient, retenant leur fureur indiscrète,
Protégé du vieillard la faiblesse inquiète ;
Ils l'écoutaient de loin ; et s'approchant de lui :
« Quel est ce vieillard blanc, aveugle et sans appui ?
Serait-ce un habitant de l'empire céleste ?
Ses traits sont grands et fiers ; de sa ceinture agreste
Pend une lyre informe, et les sons de sa voix
Émeuvent l'air et l'onde et le ciel et les bois. »

Mais il entend leurs pas, prête l'oreille, espère,
Se trouble, et tend déjà les mains à la prière.
«Ne crains point, disent-ils, malheureux étranger ;
Si plutôt, sous un corps terrestre et passager

Tu n'es point quelque Dieu protecteur de la Grèce,
Tant une grâce auguste ennoblit ta vieillesse !)
Si tu n'es qu'un mortel, vieillard infortuné,
Les humains près de qui les flots t'ont amené,
Aux mortels malheureux n'apportent point d'injures.
Les destins n'ont jamais de faveurs qui soient pures,
Ta voix noble et touchante est un bienfait des Dieux.
Mais aux clartés du jour ils ont fermé tes yeux.

— Enfants, car votre voix est enfantine et tendre,
Vos discours sont prudents plus qu'on n'eût dû l'atten-
Mais toujours soupçonneux, l'indigent étranger   [dre
Croit qu'on rit de ses maux et qu'on veut l'outrager!
Ne me comparez point à la troupe immortelle :
Ces rides, ces cheveux, cette nuit éternelle,
Voyez, est-ce le front d'un habitant des cieux ?
Je ne suis qu'un mortel, un des plus malheureux !
Si vous en savez un pauvre, errant, misérable,
C'est à celui-là seul que je suis comparable ;
Et pourtant je n'ai point, comme fit Thamyris,
Des chansons à Phébus voulu ravir le prix ;
Ni, livré comme Œdipe à la noire Euménide.
Je n'ai puni sur moi l'inceste parricide,
Mais les Dieux tout-puissants gardaient à mon déclin
Les ténèbres, l'exil, l'indigence et la faim.

— Prends, et puisse bientôt changer ta destinée !
Disent-ils. » Et tirant ce que, pour leur journée,
Tient la peau d'une chèvre aux crins noirs et luisants
Ils versent à l'envi, sur ses genoux pesants,
Le pain de pur froment, les olives huileuses,
Le fromage et l'amande, et les figues mielleuses,

Et du pain à son chien entre ses pieds gisant,
Tout hors d'haleine encore, humide et languissant,
Qui, malgré les rameurs, se lançant à la nage,
L'avait loin du vaisseau rejoint sur le rivage.

« Le sort, dit le vieillard, n'est pas toujours de fer
Je vous salue, enfants venus de Jupiter ;
Heureux sont les parents qui tels vous firent naître !
Mais venez, que mes mains cherchent à vous connaître :
Je crois avoir des yeux. Vous êtes beaux tous trois.
Vos visages sont doux, car douce est votre voix.
Qu'aimable est la vertu que la grâce environne !
Croissez, comme j'ai vu ce palmier de Latone,
Alors qu'ayant des yeux je traversai les flots ;
Car jadis, abordant à la sainte Délos,
Je vis près d'Apollon, à son autel de pierre,
Un palmier, don du ciel, merveille de la terre.
Vous croîtrez, comme lui, grands, féconds, révérés.
Puisque les malheureux sont par vous honorés.
Le plus âgé de vous aura vu treize années :
A peine, mes enfants, vos mères étaient nées,
Que j'étais presque vieux. Assieds-toi près de moi,
Toi, le plus grand de tous ; je me confie à toi.
Prends soin du vieil aveugle.
                                        — O sage magnanime !
Comment, et d'où viens-tu ? car l'onde maritime
Mugit de toutes parts sur nos bords orageux.

— Des marchands de Cymé m'avaient pris avec eux
J'allais voir, m'éloignant des rives de Carie,
Si la Grèce pour moi n'aurait point de patrie,

Et des Dieux moins jaloux, et de moins tristes jours ;
Car jusques à la mort nous espérons toujours.
Mais pauvre, et n'ayant rien pour payer mon passage,
Ils m'ont, je ne sais où, jeté sur le rivage.

— Harmonieux vieillard, tu n'as donc point chanté ?
Quelques sons de ta voix auraient tout acheté.

— Enfants, du rossignol la voix pure et légère
N'a jamais apaisé le vautour sanguinaire ;
Et les riches grossiers, avares, insolents,
N'ont pas une âme ouverte à sentir les talents.
Guidé par ce bâton, sur l'arène glissante,
Seul, en silence, au bord de l'onde mugissante,
J'allais ; et j'écoutais le bêtement lointain
De troupeaux agitant leurs sonnettes d'airain.
Puis j'ai pris cette lyre, et les cordes mobiles
Ont encor résonné sous mes vieux doigts débiles.
Je voulais des grands Dieux implorer la bonté,
Et surtout Jupiter, Dieu d'hospitalité,
Lorsque d'énormes chiens, à la voix formidable,
Sont venus m'assaillir ; et j'étais misérable,
Si vous (car c'était vous) avant qu'ils m'eussent pris,
N'eussiez armé pour moi les pierres et les cris.

— Mon père, il est donc vrai : tout est devenu pire ?
Car jadis, aux accents d'une éloquente lyre,
Les tigres et les loups, vaincus, humiliés,
D'un chanteur comme toi vinrent baiser les pieds.

— Les barbares ! J'étais assis près de la poupe.
Aveugle vagabond, dit l'insolente troupe,

Chante : si ton esprit n'est point comme tes yeux,
Amuse notre ennui ; tu rendras grâce aux Dieux..
J'ai fait taire mon cœur qui voulait les confondre
Ma bouche ne s'est point ouverte à leur répondre.
Ils n'ont pas entendu ma voix, et sous ma main
J'ai retenu le Dieu courroucé dans mon sein.
Cymé, puisque tes fils dédaignent Mnémosyne,
Puisqu'ils ont fait outrage à la muse divine,
Que leur vie et leur mort s'éteignent dans l'oubli ;
Que ton nom dans la nuit demeure enseveli.

— Viens, suis-nous à la ville ; elle est toute voisine,
Et chérit les amis de la muse divine.
Un siège aux clous d'argent te place à nos festins ;
Et là, les mets choisis, le miel et les bons vins,
Sous la colonne où pend une lyre d'ivoire,
Te feront de tes maux oublier la mémoire.
Et si, dans le chemin, rhapsode ingénieux,
Tu veux nous accorder tes chants dignes des cieux,
Nous dirons qu'Apollon, pour charmer les oreilles,
T'a lui-même dicté de si douces merveilles.
— Oui, je le veux, marchons. Mais où m'entraînez-vous ?
Enfants du vieil aveugle, en quel lieu sommes-nous ?

— Syros est l'île heureuse où nous vivons, mon père.

— Salut, belle Syros, deux fois hospitalière !
Car sur ses bords heureux je suis déjà venu ;
Amis, je la connais. Vos pères m'ont connu ;
Ils croissaient comme vous ; mes yeux s'ouvraient encore
Au soleil, au printemps, aux roses de l'aurore ;

J'étais jeune et vaillant. Aux danses des guerriers,
A la course, aux combats, j'ai paru des premiers.
J'ai vu Corinthe, Argos, et Crète et les cent villes,
Et du fleuve Égyptus les rivages fertiles ;
Mais la terre et la mer, et l'âge et les malheurs,
Ont épuisé ce corps fatigué de douleurs.
La voix me reste. Ainsi la cigale innocente,
Sur un arbuste assise, et se console et chante.
Commençons par les Dieux : Souverain Jupiter,
Soleil qui vois, entends, connais tout, et toi, mer,
Fleuves, terre, et noirs Dieux de vengeances trop lentes,
Salut ! Venez à moi de l'Olympe habitantes,
Muses ; vous savez tout, vous Déesses ; et nous,
Mortels, ne savons rien qui ne vienne de vous.

Il poursuit ; et déjà les antiques ombrages
Mollement en cadence inclinaient leurs feuillages ;
Et pâtres oubliant leur troupeau délaissé,
Et voyageurs quittant leur chemin commencé,
Couraient. Il les entend, près de son jeune guide,
L'un sur l'autre pressés, tendre une oreille avide ;
Et Nymphes et Sylvains sortaient pour l'admirer,
Et l'écoutaient en foule, et n'osaient respirer ;
Car, en de longs détours de chansons vagabondes,
Il enchaînait de tout les semences fécondes,
Les principes du feu, les eaux, la terre et l'air,
Les fleuves descendus du sein de Jupiter,
Les oracles, les arts, les cités fraternelles,
Et, depuis le Chaos, les amours immortelles ;
D'abord le Roi divin, et l'Olympe, et les cieux,
Et le monde, ébranlés d'un signe de ses yeux ;

Et les Dieux partagés en une immense guerre,
Et le sang plus qu'humain venant rougir la terre,
Et les rois assemblés, et sous les pieds guerriers,
Une nuit de poussière, et les chars meurtriers ;
Et les héros armés, brillant dans les campagnes,
Comme un vaste incendie aux cimes des montagnes
Les coursiers hérissant leur crinière à longs flots,
Et d'une voix humaine excitant les héros ;
De là, portant ses pas dans les paisibles villes,
Les lois, les orateurs, les récoltes fertiles ;
Mais bientôt de soldats les remparts entourés,
Les victimes tombant dans les parvis sacrés,
Et les assauts mortels aux épouses plaintives,
Et les mères en deuil, et les filles captives ;
Puis aussi les moissons joyeuses, les troupeaux
Bêlants ou mugissants, les rustiques pipeaux,
Les chansons, les festins, les vendanges bruyantes
Et la flûte et la lyre, et les noces dansantes.
Puis, déchaînant les vents à soulever les mers,
Il perdait les nochers sur les gouffres amers.
De là, dans le sein frais d'une roche azurée,
En foule il appelait les filles de Nérée,
Qui bientôt, à ses cris, s'élevant sur les eaux,
Aux rivages troyens parcouraient les vaisseaux ;
Puis il ouvrait du Styx la rive criminelle,
Et puis les demi-dieux et les champs d'asphodèle,
Et la foule des morts ; vieillards seuls et souffrants,
Jeunes gens emportés aux yeux de leurs parents,
Enfants dont au berceau la vie est terminée,
Vierges dont le trépas suspendit l'hyménée,
Mais, ô bois, ô ruisseaux, ô monts, ô durs cailloux,
Quels doux frémissements vous agitèrent tous,

Quand bientôt à Lemnos, sur l'enclume divine,
Il forgeait cette trame irrésistible et fine
Autant que d'Arachné les pièges inconnus,
Et dans ce fer mobile emprisonnait Vénus !
Et quand il revêtit d'une pierre soudaine
La fière Niobé, cette mère thébaine,
Et quand il répétait en accents de douleurs
De la triste Aédon l'imprudence et les pleurs,
Qui, d'un fils méconnu marâtre involontaire,
Vola, doux rossignol, sous le bois solitaire ;
Ensuite, avec le vin, il versait aux héros
Le puissant népenthès, oubli de tous les maux ;
Il cueillait le moly, fleur qui rend l'hommage sage ;
Du paisible lotos il mêlait le breuvage.
Les mortels oubliaient, à ce philtre charmés,
Et la douce patrie et les parents aimés.
Enfin, l'Ossa, l'Olympe et les bois du Pénée
Voyaient ensanglanter les banquets d'hyménée,
Quand Thésée, au milieu de la joie et du vin,
La nuit où son ami reçut à son festin
Le peuple monstrueux des enfants de la nue,
Fut contraint d'arracher l'épouse demi-nue
Au bras ivre et nerveux du sauvage Eurytus.
Soudain, le glaive en main, l'ardent Pirithoüs :
« Attends ; il faut ici que mon affront s'expie,
Traître ! » Mais, avant lui, sur le Centaure impie
Dryas a fait tomber, avec tous ses rameaux,
Un long arbre de fer hérissé de flambeaux.
L'insolent quadrupède en vain s'écrie ; il tombe,
Et son pied bat le sol qui doit être sa tombe.
Sous l'effort de Nessus, la table du repas
Roule, écrase Cymèle, Évagre, Périphas.

Périthoüs égorge Antimaque, et Pétrée,
Et Cyllare aux pieds blancs, et le noir Macarée,
Qui de trois fiers lions, dépouillés par sa main,
Couvrait ses quatre flancs, armait son double sein.
Courbé, levant un roc choisi pour leur vengeance,
Tout à coup, sous l'airain d'un vase antique, immense,
L'imprudent Bianor, par Hercule surpris,
Sent de sa tête énorme éclater les débris.
Hercule et sa massue entassent en trophée
Clanis, Démoléon, Lycothas, et Riphée.
Qui portait sur ses crins, de taches colorés,
L'héréditaire éclat des nuages dorés,
Mais d'un double combat Eurynome est avide,
Car ses pieds agités en un cercle rapide
Battent à coups pressés l'armure de Nestor ;
Le quadrupède Hélops fuit. L'agile Crantor,
Le bras levé, l'atteint ; Eurynome l'arrête.
D'un érable noueux, il va fendre sa tête.
Lorsque le fils d'Égée, invincible, sanglant,
L'aperçoit, à l'autel prend un chêne brûlant,
Sur sa croupe indomptée, avec un cri terrible,
S'élance, va saisir sa chevelure horrible,
L'entraîne, et quand sa bouche, ouverte avec effort,
Crie, il y plonge ensemble et la flamme et la mort.
L'autel est dépouillé. Tous vont s'armer de flamme
Et le bois porte au loin les hurlements de femme,
L'ongle frappant la terre, et les guerriers meurtris,
Et les vases brisés, et l'injure, et les cris.

Ainsi le grand vieillard, en images hardies,
Déployait le tissu des saintes mélodies.

Les trois enfants, émus à son auguste aspect,
Admiraient, d'un regard de joie et de respect,
De sa bouche abonder les paroles divines,
Comme en hiver la neige aux sommets des collines.
Et, partout accoutus, dansant sur son chemin,
Hommes, femmes, enfants, les rameau x à la main,
Et vierges et guerriers, jeunes fleurs de la ville,
Chantaient : « Viens dans nos murs, viens habiter notre île,
Viens, prophète éloquent, aveugle harmonieux,
Convive du nectar, disciple aimé des Dieux ;
Des jeux, tous les cinq ans, rendront saint et prospère
Le jour où nous avons reçu le grand HOMÈRE. »

IV

LA LIBERTÉ

LE CHEVRIER.

Berger, quel es-tu donc ? Qui t'agite ? Et quels Dieux
De noirs cheveux épars enveloppent tes yeux ?

LE BERGER

Blond pasteur de chevreaux, oui, tu veux me l'apprendre ?
Oui, ton front est plus beau, ton regard est plus tendre.

LE CHEVRIER.

Quoi ! tu sors de ces monts, où tu n'as vu que toi,
Et qu'on n'approche point sans peine et sans effroi ?

LE BERGER.

Tu te plais mieux sans doute aux bois, à la prairie ;
Tu le peux. Assieds-toi parmi l'herbe fleurie.

Moi, sous un antre aride, en cet affreux séjour.
Je me plais, sur le roc, à voir passer le jour.

LE CHEVRIER.

Mais Cérès a maudit cette terre âpre et dure ;
Un noir torrent pierreux y roule une ronde impure ;
Tous ces rocs, calcinés sous un soleil rongeur,
Brûlent et font hâter les pas du voyageur.
Point de fleurs, point de fruits. Nul ombrage fertile
N'y donne au rossignol un balsamique asile.
Quelque olivier au loin, maigre fécondité,
Y rampe, et fait mieux voir leur triste nudité.
Comment as-tu donc pu d'herbes accoutumées
Nourrir dans ce désert tes brebis affamées ?

LE BERGER.

Que m'importe ? est-ce à moi qu'appartient ce troupeau ?
Je suis esclave.

LE CHEVRIER.

Au moins un rustique pipeau
A-t-il chassé l'ennui de ton rocher sauvage ?
Tiens, veux-tu cette flûte ? Elle fut mon ouvrage.
Prends. Sur ce buis fertile en agréables sons
Tu pourras des oiseaux imiter les chansons.

LE BERGER.

Non. Garde tes présents. Les oiseaux de ténèbres,
La chouette et l'orfraie, et leurs accents funèbres.
Voilà les seuls chanteurs que je veuille écouter.
Voilà quelles chansons je voudrais imiter.
Ta flûte sous mes pieds serait bientôt brisée.
Je hais tous vos plaisirs : les fleurs et la rosée,

Et de vos rossignols les soupirs caressants,
Rien ne plaît à mon cœur, rien ne flatte mes sens.
Je suis esclave.

LE CHEVRIER.

Hélas ! que je te trouve à plaindre !
Oui, l'esclavage est dur. Oui, tout mortel doit craindre
De servir, de plier sous une injuste loi,
De vivre pour autrui, de n'avoir rien à soi.
Protège-moi toujours, ô Liberté chérie,
O mère des vertus, mère de la patrie !

LE BERGER.

Va, patrie et vertu ne sont que de vains noms.
Toutefois tes discours sont pour moi des affronts.
Tout prétendu bonheur et m'afflige et me brave.
Comme moi, je voudrais que tu fusses esclave.

LE CHEVRIER.

Et moi, je te voudrais libre, heureux comme moi.
Mais les Dieux n'ont-ils point de remède pour toi ?
Il est des baumes doux, des lustrations pures
Qui peuvent de notre âme assoupir les blessures,
Et de magiques chants qui tarissent les pleurs.

LE BERGER.

Il n'en est point ; il n'est pour moi que des douleurs.
Mon sort est de servir. Il faut qu'il s'accomplisse.
Moi, j'ai ce chien aussi qui tremble à mon service.
C'est mon esclave aussi. Mon désespoir muet
Ne peut rendre qu'à lui tous les maux qu'on me fait.

3

LE CHEVRIER

La terre, notre mère, et sa douce richesse
Ne peut-elle du moins égayer ta tristesse ?
Vois combien elle est belle ; et vois l'été vermeil,
Prodigue de trésors, brillants fils de soleil,
Qui vient, fertile amant d'une heureuse culture,
Varier du printemps l'uniforme verdure.
Vois le jeune abricot, sous les yeux d'un beau ciel,
Arrondir son fruit doux et blond comme le miel.
Vois la pourpre des fleurs dont le pêcher se pare
Nous annoncer l'éclat des fruits qu'il nous prépare.
Au bord de ces prés verts regarde ces guérets,
De qui les blés touffus, jaunissantes forêts,
Du joyeux moissonneur attendent la faucille.
D'agrestes déités quelle noble famille !
La Récolte et la Paix, aux yeux purs et sereins,
Les épis sur le front, les épis dans les mains,
Qui viennent, sur les pas de la belle Espérance,
Verser la corne d'or où fleurit l'Abondance.

LE BERGER.

Sans doute qu'à tes yeux elles montrent leurs pas ;
Moi, j'ai des yeux d'esclave, et je ne les vois pas.
Je n'y vois qu'un sol dur, laborieux, servile,
Que j'ai, non pas pour moi, contraint d'être fertile ;
Où, sous un ciel brûlant, je moissonne le grain.
Qui va nourrir un autre, et me laisse ma faim.
Voilà quelle est la terre. Elle n'est point ma mère ;
Elle est pour moi marâtre : et la nature entière
Est plus nue à mes yeux, plus horrible à mon cœur
Que ce vallon de mort qui te fait tant d'horreur.

LE CHEVRIER.

Le soin de tes brebis, leur voix douce et paisible,
N'ont-ils donc rien qui plaise à ton âme insensible ?
N'aimes-tu point à voir les jeux de tes agneaux ?
Moi, je me plais auprès de mes jeunes chevreaux.
Je m'occupe à leurs jeux. J'aime leur voix bêlante ;
Et quand sur la rosée et sur l'herbe brillante
Vers leur mère en criant je les vois accourir,
Je bondis avec eux de joie et de plaisir.

LE BERGER.

Ils sont à toi. Mais moi j'eus une autre fortune.
Ceux-ci de mes tourments sont la cause importune.
Deux fois, avec ennui promenés chaque jour,
Un maître soupçonneux nous attend au retour.
Rien ne le satisfait : ils ont trop peu de laine ;
Ou bien ils sont mourants, ils se traînent à peine ;
En un mot, tout est mal. Si le loup quelquefois
En saisit un, l'emporte et s'enfuit dans le bois,
C'est ma faute. Il fallait braver ses dents avides.
Je dois rendre les loups innocents et timides.
Et puis, menaces, cris, injure, emportements,
Et lâches cruautés qu'il nomme châtiments.

LE CHEVRIER.

Toujours à l'innocent les Dieux sont favorables.
Pourquoi fuir leur présence, appui des misérables ?
Autour de leurs autels, parés de nos festons,
Que ne viens-tu danser, offrir de simples dons,
Du chaume, quelques fleurs, et, par ces sacrifices,
Te rendre Jupiter et les Nymphes propices ?

LE BERGER.

Non. Les danses, les jeux, les plaisirs des bergers,
Sont à mon triste cœur des plaisirs étrangers.
Que parles-tu de Dieux, de Nymphes et d'offrandes ?
Moi, je n'ai pour les Dieux ni chaume ni guirlandes.
Je les crains, car j'ai vu leur foudre et leurs éclairs
Je ne les aime pas : ils m'ont donné des fers.

LE CHEVRIER.

Eh bien ! que n'aimes-tu ? Quelle amertume extrême
Résiste aux doux souris d'une vierge qu'on aime ?
L'autre jour, à la mienne, en ce bois fortuné,
Je vins offrir le don d'un chevreau nouveau-né ;
Son œil tomba sur moi, si doux, si beau, si tendre !...
Sa voix prit un accent !... Je crois toujours l'entendre.

LE BERGER.

Et quel œil virginal voudrait tomber sur moi ?
Ai-je, moi, des chevreaux à donner comme toi ?
Chaque jour, par ce maître inflexible et barbare,
Mes agneaux sont comptés avec un soin avare.
Trop heureux quand il daigne à mes cris superflus
N'en pas redemander plus que je n'en reçus.
O juste Némésis ! si jamais je puis être
Le plus fort à mon tour, si je puis me voir maître,
Je serai dur, méchant, intraitable, sans foi,
Sanguinaire, cruel comme on l'est avec moi !

LE CHEVRIER.

Et moi, c'est vous qu'ici pour témoins j'en appelle,
Dieux ! de mes serviteurs la cohorte fidèle

Me trouvera toujours humain, compatissant,
A leurs justes désirs facile, et complaisant,
Afin qu'ils soient heureux et qu'ils aiment leur maître,
Et bénissent en paix l'instant qui les vit naître.

LE BERGER.

Et moi, je le maudis, cet instant douloureux
Qui me donna le jour pour être malheureux,
Pour agir quand un autre exige, veut, ordonne,
Pour n'avoir rien à moi, pour ne plaire à personne,
Pour endurer la faim, quand ma peine et mon deuil
Engraissent d'un tyran l'indolence et l'orgueil.

LE CHEVRIER.

Berger infortuné, ta plaintive détresse
De ton cœur dans le mien fait passer la tristesse.
Vois cette chèvre mère et ces chevreaux, tous deux
Aussi blancs que le lait qu'elle garde pour eux.
Qu'ils aillent avec toi, je te les abandonne.
Adieu. Puisse du moins ce peu que je te donne
De ta triste mémoire effacer tes malheurs
Et, soigné par tes mains, distraire tes douleurs !

LE BERGER.

Oui, donne. Et sois maudit. Car si j'étais plus sage,
Ces dons sont pour mon cœur d'un sinistre présage ;
De mon despote avare ils choqueront les yeux.
Il ne croit pas qu'on donne : il est fourbe, envieux ;
Il dira que chez lui j'ai volé le salaire
Dont j'aurai pu payer les chevreaux et la mère ;
Et, d'un si bon prétexte ardent à se servir,
C'est à moi que lui-même il viendra les ravir.

Commencé le vendredi (*samedi*) au soir 10 mars, et fini
le dimanche (*lundi*) au soir 12 mars 1787.

V

LE MALADE

« Apollon, Dieu sauveur, Dieu des savants mystères
Dieu de la vie, et Dieu des plantes solitaires,
Dieu vainqueur de Python, Dieu jeune et triomphant,
Prends pitié de mon fils, de mon unique enfant ;
Prends pitié de sa mère aux larmes condamnée,
Qui ne vit que pour lui, qui meurt abandonnée,
Qui n'a pas dû rester pour voir mourir son fils ;
Dieu jeune, viens aider sa jeunesse. Assoupis,
Assoupis dans son sein cette fièvre brûlante
Qui dévore la fleur de sa vie innocente.
Apollon, si jamais, échappé du tombeau,
Il retourne au Ménale avoir soin du troupeau,
Ces mains, ces vieilles mains orneront ta statue
De ma coupe d'onyx à tes pieds suspendue ;
Et, chaque été nouveau, d'un jeune taureau blanc
La hache à ton autel fera couler le sang.
Eh bien ! mon fils, es-tu toujours impitoyable ?
Ton funeste silence est-il inexorable ?
Enfant, tu veux mourir ? Tu veux, dans ses vieux ans,
Laisser ta mère seule avec ses cheveux blancs ?
Tu veux que ce soit moi qui ferme ta paupière ?
Que j'unisse ta cendre à celle de ton père ?
C'est toi qui me devais ces soins religieux ;
Et ma tombe attendait tes pleurs et tes adieux.
Parle, parle, mon fils, quel chagrin te consume ?
Les maux qu'on dissimule en ont plus d'amertume.
Ne lèveras-tu point ces yeux appesantis ?

— Ma mère, adieu. Je meurs, et tu n'as plus de fils.
Non tu n'as plus de fils. Ma mère bien-aimée,
Je te perds. Une plaie ardente, envenimée,
Me ronge. Avec effort je respire ; et je crois
Chaque fois repirer pour la dernière fois.
Je ne parlerai pas. Adieu. Ce lit me blesse.
Ce tapis qui me couvre accable ma faiblesse.
Tout me pèse, et me lasse. Aide-moi. Je me meurs.
Tourne-moi sur le flanc. Ah ! j'expire ! ô douleurs !

— Tiens, mon unique enfant, mon fils, prends ce breu-
                                              [vage.
Sa chaleur te rendra ta force et ton courage.
La mauve, le dictame ont, avec les pavots,
Mêlé leurs sucs puissants qui donnent le repos :
Sur le vase bouillant, attendrie à mes larmes,
Une Thessalienne a composé des charmes.
Ton corps débile a vu trois retours du soleil
Sans connaître Cérès, ni tes yeux le sommeil.
Prends, mon fils, laisse-toi fléchir à ma prière.
C'est ta mère ; ta vieille inconsolable mère
Qui pleure ; qui jadis te guidait pas à pas ;
T'asseyait sur son sein, te portait dans ses bras ;
Que tu disais aimer, qui t'apprit à le dire ;
Qui chantait, et souvent te forçait à sourire,
Lorsque tes jeunes dents, par de vives douleurs,
De tes yeux enfantins faisaient couler des pleurs.
Tiens, presse de ta lèvre, hélas ! pâle et glacée,
Par qui cette mamelle était jadis pressée ;
Que ce suc te nourrisse et vienne à ton secours,
Comme autrefois mon lait nourrit tes premiers jours

O coteaux d'Erymanthe ! ô vallons ! ô bocage !
O vent sonore et frais qui troublais le feuillage,
Et faisais frémir l'onde, et sur leur jeune sein
Agitais les replis de leur robe de lin !
De légères beautés troupe agile et dansante !
Tu sais, tu sais, ma mère ? Aux bords de l'Érymanthe !
Là, ni loups ravisseurs, ni serpents, ni poisons.
O visage divin ! ô fêtes ! ô chansons !
Des pas entrelacés, des fleurs, une onde pure !
Aucun lieu n'est si beau dans toute la nature.
Dieux ! ces bras et ces flancs, ces cheveux, ces pieds nus,
Si blancs, si délicats ! Je ne te verrai plus !
Oh ! portez, portez-moi sur les bords d'Érymanthe,
Que je la voie encor, cette vierge dansante !
Oh ! que je voie au loin la fumée à longs flots
S'élever de ce toit au bord de cet enclos...
Assise à tes côtés, ses discours, sa tendresse,
Sa voix, trop heureux père, enchante ta vieillesse.
Dieux ! par-dessus la haie élevée en remparts
Je la vois, à pas lents, en longs cheveux épars,
Seule, sur un tombeau, pensive, inanimée,
S'arrêter et pleurer sa mère bien-aimée.
Oh ! que tes yeux sont doux ! que ton visage est beau !
Viendras-tu point aussi pleurer sur mon tombeau ?
Viendras-tu point aussi, la plus belle des belles,
Dire sur mon tombeau : « Les Parques sont cruelles ? »

— Ah ! mon fils, c'est l'amour ! c'est l'amour insensé
Qui t'a jusqu'à ce point cruellement blessé ?
Ah ! mon malheureux fils ! Oui. Faibles que nous som-
                                        [mes !
C'est toujours cet amour qui tourmente les hommes.

S'ils pleurent en secret, qui lira dans leur cœur.
Verra que c'est toujours cet amour en fureur.
Mais, mon fils, mais dis-moi, quelle belle dansante,
Quelle vierge as-tu vue au bord de l'Érymanthe ?
N'es-tu pas riche et beau ? du moins quand la douleur
N'avait point de ta joue éteint la jeune fleur ?
Parle. Est-ce cette Églé, fille du roi des ondes ?
Ou cette jeune Irène aux longues tresses blondes ?
Ou ne sera-ce point cette fière beauté
Dont j'entends le beau nom chaque jour répété,
Dont j'apprends que partout les belles sont jalouses,
Qu'aux temples, aux festins, les mères, les épouses,
Ne sauraient voir, dit-on, sans peine et sans effroi ?
Cette belle Daphné ?...
                    — Dieux ! ma mère, tais-toi.
Tais-toi. Dieux ! Qu'as-tu dit ! Elle est fière, inflexible.
Comme les immortels, elle est belle et terrible.
Mille amants l'ont aimée ; ils l'ont aimée en vain.
Comme eux j'aurais trouvé quelque refus hautain.
Non, garde que jamais elle soit informée...
Mais, ô mort ! ô tourment ! ô mère bien-aimée !
Tu vois dans quels ennuis dépérissent mes jours.
Ma mère bien-aimée, ah ! viens à mon secours.
Je meurs ; va la trouver. Que tes traits, que ton âge,
De sa mère à ses yeux offrent la sainte image.
Tiens, prends cette corbeille et nos fruits les plus beaux,
Prends notre Amour d'ivoire, honneur de ces hameaux ;
Prends la coupe d'onyx à Corinthe ravie ;
Prends mes jeunes chevreaux, prends mon cœur ; prends
                                  [ma vie ;
Jette tout à ses pieds. Apprends-lui qui je suis ;
Dis-lui que je me meurs, que tu n'as plus de fils ;

Tombe aux pieds du vieillard, gémis, implore, presse ;
Adjure cieux et mers, dieu, temple, autel, déesse ;
Pars ; et si tu reviens sans les avoir fléchis.
Adieu, ma mère, adieu, tu n'auras plus de fils.
— J'aurai toujours un fils. Va, la belle espérance
Me dit...
        Elle s'incline, et, dans un doux silence,
Elle couvre ce front, terni par les douleurs,
De baisers maternels entremêlés de pleurs.
Puis elle sort et hâte, inquiète et tremblante.
Sa démarche de crainte et d'âge chancelante.
Elle arrive ; et bientôt revenant sur ses pas,
Haletante, de loin : — « Mon cher fils, tu vivras.
Tu vivras. » Elle vient s'asseoir près de la couche.
Le vieillard la suivait, le sourire à la bouche.
La jeune belle aussi, rouge et le front baissé,
Vient, jette sur le lit un coup d'œil. L'insensé
Tremble ; sous ses tapis il veut cacher sa tête.

— Ami, depuis trois jours tu n'es d'aucune fête,
Dit-elle ; que fais-tu ? Pourquoi veux-tu mourir ?
Tu souffres. L'on me dit que je peux te guérir.
Vis, et formons ensemble une seule famille :
Que mon père ait un fils et ta mère une fille. »

VI

LE MENDIANT

C'était quand le printemps a reverdi les prés.
La fille de Lycus, vierge aux cheveux dorés,

Sous les monts Achéens, non loin de Cérynée.

. . . .

. . . .

Errait à l'ombre, aux bords du faible et pur Crathis ;
Car les eaux du Crathis, sous des berceaux de frêne,
Entouraient de Lycus le fertile domaine.
     . . . . Soudain, à l'autre bord,
D'un fond de bois épais, un noir fantôme sort,
Tout pâle, demi-nu, la barbe hérissée :
Il remuait à peine une lèvre glacée ;
Des hommes et des dieux implorait le secours,
Et dans la forêt sombre errait depuis deux jours.
Il se traîne, il n'attend qu'une mort douloureuse ;
Il succombe. L'enfant, interdite et peureuse,
A ce hideux aspect sorti du fond du bois,
Veut fuir ; mais elle entend sa lamentable voix.
Il tend les bras, il tombe à genoux, il lui crie
Qu'au nom de tous les dieux il la conjure, il prie,
Et qu'il n'est point à craindre, et qu'une ardente faim
L'aiguillonne et le tue, et qu'il expire enfin.

« Si, comme je le crois, belle dès ton enfance,
C'est le dieu de ces eaux qui t'a donné naissance,
Nymphe, souvent les vœux des malheureux humains
Ouvrent des immortels les bienfaisantes mains.
Ou si c'est quelque front porteur d'une couronne
Qui te nomme sa fille et te destine au trône,
Souviens-toi, jeune enfant, que le ciel quelquefois
Venge les opprimés sur la tête des rois.
Belle vierge, sans doute enfant d'une déesse,
Crains de laisser périr l'étranger en détresse ;

L'étranger qui supplie est envoyé des dieux. »
Elle reste. A le voir elle enhardit ses yeux ;
. . . . et d'une voix encore
Tremblante : « Ami, le ciel écoute qui l'implore ;
Mais ce soir, quand la nuit descend sur l'horizon,
Passe le pont mobile, entre dans la maison ;
J'aurai besoin qu'on te laisse entrer sans méfiance.
Pour la dixième fois célébrant ma naissance,
Mon père doit donner une fête aujourd'hui.
Il m'aime. Il n'a que moi ; viens t'adresser à lui,
C'est le riche Lycus. Viens ce soir ; il est tendre,
Il est humain : Il pleure aux pleurs qu'il voit répandre. »
Elle dit, et s'arrête, et, le cœur palpitant,
S'enfuit ; car l'étranger, sur elle, en l'écoutant,
Fixait de ses yeux creux l'attention avide.
Elle rentre, cherchant dans le palais splendide
L'esclave près de qui toujours ses jeunes ans
Trouvent un doux accueil et des soins complaisants.
Cette sage affranchie avait nourri sa mère ;
Maintenant, sous des lois de vigilance austère,
Elle et son vieil époux, au devoir rigoureux,
Rangent des serviteurs le cortège nombreux.
Elle la voit de loin dans le fond du portique,
Court, et posant ses mains sur ce visage antique ;

— Indulgente nourrice, écoute ; il faut de toi
Que j'obtienne un grand bien. Ma mère, écoute-moi :
Un pauvre, un étranger, dans la misère extrême,
Gémit sur l'autre bord, mourant, affamé, blême...
Ne me décèle point. De mon père aujourd'hui
J'ai promis qu'il pourrait solliciter l'appui.

Fais qu'il entre ; et surtout, ô mère de ma mère !
Garde que nul mortel n'insulte à sa misère.

— Oui, ma fille ; chacun fera ce que tu veux,
Dit l'esclave en baisant son front et ses cheveux ;
Oui, qu'à ton protégé ta fête soit ouverte.
Ta mère, mon élève (inestimable perte !)
Aimait à soulager les faibles abattus.
Tu lui ressembleras autant par tes vertus
Que par tes yeux si doux et tes grâces naïves. »

Mais cependant la nuit assemble les convives :
En habits somptueux, d'essences parfumés,
Ils entrent. Aux lambris d'ivoire et d'or semés,
Pend le lin d'Ionie en brillantes courtines ;
Le toit s'égaye et rit de mille odeurs divines.
La table au loin circule, et d'apprêts savoureux
Se charge. L'encens vole en longs flots vaporeux ;
Sur leurs bases d'argent, des formes animées
Élèvent dans leurs mains des torches enflammées ;
Les figures, l'onyx, le cristal, les métaux
En vases hérissés d'hommes et d'animaux,
Partout sur les buffets, sur la table étincellent ;
Plus d'une lyre est prête ; et partout s'amoncellent
Et les rameaux de myrte et les bouquets de fleurs.
On s'étend sur les lits teints de mille couleurs ;
Près de Lycus, sa fille, idole de la fête,
Est admise. La rose a couronné sa tête.
Mais pour que la décence impose un juste frein,
Lui-même est par eux tous élu roi du festin.
Et déjà vins, chansons, joie, entretiens sans nombre,
Lorsque, la double porte ouverte, un spectre sombre

Entre, cherchant des yeux l'autel hospitalier.
La jeune enfant rougit. Il court vers le foyer ;
Il embrasse l'autel, s'assied parmi la cendre ;
Et tous, l'œil étonné, se taisent pour l'entendre.

— Lycus, fils d'Évémon, que les dieux et le temps
N'osent jamais troubler tes destins éclatants.
Ta pourpre, tes trésors, ton front noble et tranquille
Semblent d'un roi puissant, l'idole de sa ville.
A ton riche banquet un peuple convié
T'honore comme un dieu de l'Olympe envoyé.
Regarde un étranger qui meurt dans la poussière
Si tu ne tends vers lui ta main hospitalière.
Inconnu, j'ai franchi le seuil de ton palais :
Trop de pudeur peut nuire à qui vit de bienfaits.
Lycus, par Jupiter, par ta fille innocente
Qui m'a seule indiqué ta porte bienfaisante !...
Je fus riche autrefois : mon banquet opulent
N'a jamais repoussé l'étranger suppliant.
Et pourtant aujourd'hui la faim est mon partage,
La faim qui flétrit l'âme autant que le visage,
Par qui l'homme souvent, importun, odieux,
Et contraint de rougir et de baisser les yeux !

— Étranger, tu dis vrai, le hasard téméraire
Des bons ou des méchants fait le destin prospère.
Mais sois mon hôte. Ici l'on hait plus que l'enfer
Le public ennemi, le riche au cœur de fer,
Enfant de Némésis, dont le dédain barbare
Aux besoins des mortels ferme son cœur avare.
Je rends grâce à l'enfant qui t'a conduit ici.
Ma fille, c'est bien fait ; poursuis toujours ainsi.

Respecter l'indigence est un devoir suprême.
Souvent les immortels (et Jupiter lui-même)
Sous des haillons poudreux, de seuil en seuil traînés,
Viennent tenter le cœur des humains fortunés.

D'accueil et de faveur un murmure s'élève.
Lycus descend, accourt, tend la main, le relève :
— Salut, père étranger ; et que puissent tes vœux
Trouver le ciel propice à tout ce que tu veux !
Mon hôte, lève-toi. Tu parais noble et sage ;
Mais cesse avec ta main de cacher ton visage.
Souvent marchent ensemble Indigence et Vertu ;
Souvent d'un vil manteau le sage revêtu,
Seul, vit avec les dieux et brave un sort inique.
Couvert de chauds tissus, à l'ombre du portique,
Sur de molles toisons, en un calme sommeil,
Tu peux, ici dans l'ombre, attendre le soleil.
Je te ferai revoir tes foyers, ta patrie,
Tes parents, si les dieux ont épargné leur vie.
Car tout mortel errant nourrit un long amour
D'aller revoir le sol qui lui donna le jour.
Mon hôte, tu franchis le seuil de ma famille
A l'heure qui jadis a vu naître ma fille.
Salut ! Vois, l'on t'apporte et la table et le pain :
Sieds-toi. Tu vas d'abord rassasier ta faim.
Puis, si nulle raison ne te force au mystère,
Tu nous diras ton nom, ta patrie et ton père.

Il retourne à sa place après que l'indigent
S'est assis. Sur ses mains, de l'aiguière d'argent,
Par une jeune esclave une eau pure est versée.
Une table de cèdre, où l'éponge est passée,

S'approche, et vient offrir à son avide main
Et les fumantes chairs sur le disque d'airain,
Et l'amphore vineuse, et la coupe aux deux anses,
— Mange et bois, dit Lycus ; oublions les souffrances.
Ami, leur lendemain est, dit-on, un beau jour.
. . . .
Bientôt Lycus se lève et fait emplir sa coupe,
Et veut que l'échanson verse à toute la troupe :
— Pour boire à Jupiter qui nous daigne envoyer
L'étranger, devenu l'hôte de mon foyer.
Le vin de main en main va coulant à la ronde ;
Lycus lui-même emplit une coupe profonde,
L'envoie à l'étranger. — Salut, mon hôte, bois.
De ta ville bientôt tu reverras les toits,
Fussent-ils par delà les glaces du Caucase.
Des mains de l'échanson l'étranger prend le vase,
Se lève ; sur eux tous il invoque les dieux.
On boit ; il se rassied. Et jusque sur les yeux.
Ses noirs cheveux toujours ombrageant son visage,
De sourire et de plainte il mêle son langage.

— Mon hôte, maintenant que sous tes nobles toits.
De l'importun besoin j'ai calmé les abois,
Oserai-je à ma langue abandonner les rênes ?
Je n'ai plus ni pays, ni parents, ni domaines.
Mais écoute : le vin, par toi-même versé,
M'ouvre la bouche. Ainsi, puisque j'ai commencé,
Entends ce que peut-être il eût mieux valu taire.
Excuse enfin ma langue, excuse ma prière ;
Car du vin, tu le sais, la téméraire ardeur
Souvent à l'excès même enhardit la pudeur.

Meurtri de durs cailloux ou de sables arides,
Déchiré de buissons ou d'insectes avides,
D'un long jeûne flétri, d'un long chemin lassé
Et de plus d'un grand fleuve en nageant traversé
Je parais énervé, sans vigueur, sans courage ;
Mais je suis né robuste et n'ai point passé l'âge.
La force et le travail, que je n'ai point perdus,
Par un peu de repos me vont être rendus.
Emploie alors mes bras à quelques soins rustiques,
Je puis dresser au char tes coursiers olympiques,
Ou sous les feux du jour, courbé vers le sillon,
Presser deux forts taureaux du piquant aiguillon.
Je puis même, tournant la meule nourricière,
Broyer le pur froment en farine légère.
Je puis, la serpe en main, planter et diriger
Et le cep et la treille, espoir de ton verger.
Je tiendrai la faucille ou la faux recourbée ;
Et devant mes pas l'herbe ou la moisson tombée
Viendra remplir ta grange en la belle saison ;
Afin que nul mortel ne dise en ta maison,
Me regardant d'un œil insultant et colère :
O vorace étranger, qu'on nourrit à rien faire !

— Vénérable indigent, va, nul mortel chez moi
N'oserait élever sa langue contre toi.
Tu peux rester ici, même oisif et tranquille,
Sans craindre qu'un affront ne trouble ton asile.
— L'indigent se méfie. — Il n'est plus de danger.
— L'homme est né pour souffrir. — Il est né pour chan-
[ger.
— Il change d'infortune. — Ami, reprends courage :
Toujours un vent glacé ne souffle point l'orage.

4

Le ciel d'un jour à l'autre est humide ou serein,
Et tel pleure aujourd'hui qui sourira demain.

— Mon hôte, en tes discours préside la sagesse.
Mais quoi ! la confiante et paisible richesse
Parle ainsi. L'indigent espère en vain du sort ;
En espérant toujours il arrive à la mort.
Dévoré de besoins, de projets, d'insomnie,
Il vieillit dans l'opprobre et dans l'ignominie.
Rebuté des humains durs, envieux, ingrats,
Il a recours aux dieux qui ne l'entendent pas.
Toutefois ta richesse accueille mes misères ;
Et puisque ton cœur s'ouvre à la voix des prières,
Puisqu'il sait, ménageant le faible humilié,
D'indulgence et d'égards tempérer la pitié,
S'il est des Dieux du pauvre, ô Lycus, que ta vie
Soit un objet pour tous et d'amour et d'envie.

— Je te le dis encore, espérons, étranger.
Que mon exemple au moins serve à t'encourager.
Des changements du sort j'ai fait l'expérience.
Toujours un même éclat n'a point à l'indigence
Fait du riche Lycus envier le destin :
J'ai moi-même été pauvre et j'ai tendu la main.
Cléotas de Larisse, en ses jardins immenses,
Offrit à mon travail de justes récompenses.
— Jeune ami, j'ai trouvé quelques vertus en toi ;
Va, sois heureux, dit-il, et te souviens de moi.
Oui, oui, je m'en souviens : Cléotas fut mon père ;
Tu vois le fruit des dons de sa bonté prospère.
A tous les malheureux je rendrai désormais
Ce que dans mes malheurs je dus à ses bienfaits.

Dieux, l'homme bienfaisant est votre cher ouvrage,
Vous n'avez point ici d'autre visible image ;
Il porte votre empreinte, il sortit de vos mains
Pour vous représenter aux regards des humains,
Veillez sur Cléotas ! Qu'une fleur éternelle,
Fille d'une âme pure, en ses traits étincelles ;
Que nombre de bienfaits, ce sont là ses amours,
Fassent une couronne à chacun de ses jours ;
Et quand une mort douce et d'amis entourée
Recevra sans douleur sa vieillesse sacrée,
Qu'il laisse avec ses biens ses vertus pour appui
A des fils, s'il se peut, encor meilleurs que lui.

— Hôte des malheureux, le sort inexorable
Ne prend point les avis de l'homme secourable,
Tous, par sa main de fer en aveugles poussés,
Nous vivons ; et tes vœux ne sont point exaucés.
Cléotas est perdu ; son injuste patrie
L'a privé de ses biens ; elle a proscrit sa vie.
De ses concitoyens dès longtemps envié,
De ses nombreux amis en un jour oublié,
Au lieu de ces tapis qu'avait tissus l'Euphrate,
Au lieu de ces festins brillants d'or et d'agate
Où ses hôtes, parmi les chants harmonieux,
Savouraient jusqu'au jour les vins délicieux,
Seul maintenant, sa faim, visitant les feuillages,
Dépouille les buissons de quelques fruits sauvages ;
Ou, chez le riche altier apportant ses douleurs,
Il mange un pain amer tout trempé de ses pleurs.
Errant et fugitif, de ses beaux jours de gloire
Gardant, pour son malheur, la pénible mémoire,

Sous les feux du midi, sous le froid des hivers,
Seul, d'exil en exil, de déserts en déserts,
Pauvre et semblable à moi, languissant et débile,
Sans appui qu'un bâton, sans foyer, sans asile,
Revêtu de ramée ou de quelques lambeaux,
Et sans que nul mortel attendri sur ses maux
D'un souhait de bonheur le flatte et l'encourage ;
Les torrents et la mer, l'aquilon et l'orage,
Les corbeaux et des loups les tristes hurlements
Répondant seuls la nuit à ses gémissements ;
N'ayant d'autres amis que les bois solitaires,
D'autres consolateurs que ses larmes amères,
Il se traîne ; et souvent sur la pierre il s'endort
A la porte d'un temple, en invoquant la mort.

— Que m'as-tu dit ? La foudre a tombé sur ma tête.
Dieux ! ah ! grands Dieux ! partons. Plus de jeux, plus
                             [de fête
Partons. Il faut vers lui trouver des chemins sûrs.
Partons. Jamais sans lui je ne revois ces murs.
Ah ! Dieux ! quand dans le vin, les festins, l'abondance,
Enivré des vapeurs d'une folle opulence,
Celui qui lui doit tout chante et s'oublie et rit,
Lui peut-être il expire, affamé, nu, proscrit,
Maudissant, comme ingrat, son vieil ami qui l'aime.
Parle : était-ce bien lui ? le connais-tu toi-même ?
En quels lieux était-il ? où portait-il ses pas ?
Il sait où vit Lycus, pourquoi ne vient-il pas ?
Parle : était-ce bien lui ? Parle, parle, te dis-je ;
Où l'as-tu vu ?   — Mon hôte, à regret je t'afflige.
C'était lui, je l'ai vu. . . . .

. . . .
. . . . Les douleurs de son âme
Avaient changé ses traits. Ses deux fils et sa femme,
A Delphes, confiés au ministre du Dieu,
Vivaient de quelques donc offerts dans le saint lieu.
Par des sentiers secrets fuyant l'aspect des villes,
On ˸ les avait suivis jusques aux Thermopyles.
Il en gardait encore un douloureux effroi.
Je le connais ; je fus son ami comme toi.
D'un même sort jaloux une même injustice
Nous a tous deux plongés au même précipice.
Il me donna jadis (ce bien seul m'est resté)
Sa marque d'alliance et d'hospitalité.
Vois si tu la connais. »
                              De surprise immobile,
Lycus a reconnu son propre sceau d'argile ;
Ce sceau, don mutuel d'immortelle amitié,
Jadis à Cléotas par lui-même envoyé.

Il ouvre un œil avide, et longtemps envisage
L'étranger. Puis enfin sa voix trouve un passage.
« Est-ce toi, Cléotas ? toi qu'ainsi je revoi ?
Tout ici t'appartient. O mon père ! est-ce toi ?
Je rougis que mes yeux aient pu te méconnaître.
O Cléotas, mon père, ô toi qui fus mon maître,
Viens ; je n'ai fait ici que garder ton trésor ;
Et ton ancien Lycus veut te servir encor.
J'ai honte à ma fortune en regardant la tienne. »
Et dépouillant soudain la pourpre tyrienne
Que tient sur son épaule une agrafe d'argent,
Il l'attache lui-même à l'auguste indigent.

Les convives levés l'entourent ; l'allégresse.
Rayonne en tous les yeux. La famille s'empresse ;
On cherche des habits, on réchauffe le bain.
La jeune enfant approche ; il rit, lui tend la main :
« Car c'est toi, lui dit-il, c'est toi qui la première,
Ma fille, m'as ouvert la porte hospitalière. »

VII

L'OARYSTIS

(IMITÉE DE THÉOCRITE. XXVIIᵉ IDYLLE)

DAPHNIS, NAÏS

DAPHNIS

Hélène daigna suivre un berger ravisseur ;
Berger comme Pâris, j'embrasse mon Hélène.

NAÏS

C'est trop t'enorgueillir d'une faveur si vaine.

DAPHNIS.

Ah ! ces baisers si vains ne sont pas sans douceur.

NAÏS.

Tiens, ma bouche essuyée en a perdu la trace.

DAPHNIS.

Eh bien ! d'autres baisers en vont prendre la place.

NAÏS.

Adresse ailleurs ces vœux dont l'ardeur me poursuit !
Va, respecte une vierge.

DAPHNIS.

Imprudente bergère,
Ta jeunesse te flatte ; ah ! n en sois point si fière :
Comme un songe insensible elle s'évanouit.

NAÏS.

Chaque âge a ses honneurs, et la saison dernière
Aux fleurs de l'oranger fait succéder son fruit.

DAPHNIS.

Viens sous ces oliviers ; j'ai beaucoup à te dire.

NAÏS.

Non ; déjà tes discours ont voulu me tenter.

DAPHNIS.

Suis-moi sous ces ormeaux ; viens, de grâce, écouter
Les sons harmonieux que ma flûte respire :
J'ai fait pour toi des airs, je te les veux chanter ;
Déjà tout le vallon aime à les répéter.

NAÏS.

Va, tes airs langoureux ne sauraient me séduire.

DAPHNIS.

Eh quoi ! seule à Vénus penses-tu résister ?

NAÏS.

Je suis chère à Diane ; elle me favorise.

DAPHNIS.

Vénus a des liens qu'aucun pouvoir ne brise.

NAÏS.

Diane saura bien me les faire éviter.
Berger, retiens ta main... berger, crains ma colère.

DAPHNIS.

Quoi ! tu veux fuir l'Amour ! l'Amour, à qui jamais
Le cœur d'une beauté ne pourra se soustraire ?

NAÏS.

Oui, je veux le braver... Ah !... si je te suis chère...
Berger... retiens ta main... laisse mon voile en paix.

DAPHNIS.

Toi-même, hélas ! bientôt livreras ces attraits
A quelque autre berger bien moins digne de plaire.

NAÏS.

Beaucoup m'ont demandée, et leurs désirs confus
N'obtinrent, avant toi, qu'un refus pour salaire.

DAPHNIS.

Et je ne dois comme eux attendre qu'un refus ?

NAÏS.

Hélas ! l'hymen aussi n'est qu'une loi de peine ;
Il n'apporte, dit-on, qu'ennuis et que douleurs.

DAPHNIS.

On ne te l'a dépeint que de fausses couleurs :
Les danses et les jeux, voilà ce qu'il amène.

NAÏS.

Une femme est esclave.

DAPHNIS.

Ah ! plutôt elle est reine.

NAÏS.

Tremble près d'un époux et n'ose lui parler.

DAPHNIS.

Eh ! devant qui ton sexe est-il fait pour trembler ?

NAÏS.

A des travaux affreux Lucine nous condamne.

DAPHNIS.

Il est bien doux alors d'être chère à Diane.

NAÏS.

Quelle beauté survit à ces rudes combats ?

DAPHNIS.

Une mère y recueille une beauté nouvelle ;
Des enfants adorés feront tous tes appas ;
Tu brilleras en eux d'une splendeur plus belle.

NAÏS.

Mais, tes vœux écoutés, quel en serait le prix ?

DAPHNIS.

Tout : mes troupeaux, mes bois et ma belle prairie ;
Un jardin grand et riche, une maison jolie,
Un bercail spacieux pour tes chères brebis ;
Enfin, tu me diras ce qui pourra te plaire ;

Je jure de quitter tout pour te satisfaire :
Tout pour toi sera fait aussitôt qu'entrepris.

NAÏS.

Mon père...

DAPHNIS.

Oh ! s'il n'est plus que lui qui te retienne.
Il approuvera tout dès qu'il saura mon nom.

NAÏS.

Quelquefois il suffit que le nom seul prévienne :
Quel est ton nom ?

DAPHNIS.

Daphnis, mon père est Palémon.

NAÏS.

Il est vrai, ta famille est égale à la mienne.

DAPHNIS.

Rien n'éloigne donc plus cette douce union.

NAÏS.

Montrez-les-moi, ces bois qui seront mon partage.

DAPHNIS.

Viens ; c'est à ces cyprès de leurs fleurs couronnés,

NAÏS.

Restez, chères brebis, restez sous cet ombrage.

DAPHNIS.

Taureaux, paissez en paix ; à celle qui m'engage
Je vais montrer les biens qui lui sont destinés.

NAÏS.

Satyre, que fais-tu ? Quoi ! ta main ose encore...

DAPHNIS.

Eh ! laisse-moi toucher ces fruits délicieux...
Et ce jeune duvet...

NAÏS.

Berger... au nom des dieux...
Ah !... je tremble...

DAPHNIS.

Et pourquoi ? que crains-tu ? Je t'adore.
Viens.

NAÏS.

Non ; arrête... Vois, cet humide gazon
Va souiller ma tunique, et je serais perdue ;
Mon père le verrait.

DAPHNIS.

Sur la terre étendue
Saura te garantir cette épaisse toison.

NAÏS.

Dieux ! quel est ton dessein ? Tu m'ôtes ma ceinture.

DAPHNIS.

C'est un don pour Vénus ; vois, son astre nous luit.

NAÏS.

Attends... si quelqu'un vient. Ah ! Dieux ! j'entends du
                                                    [bruit.

DAPHNIS.

C'est ce bois qui de joie et s'agite et murmure.

NAÏS.

Tu déchires mon voile !... Où me cacher ? Hélas !
Me voilà nue ! où fuir ?

DAPHNIS.

A ton amant unie,
De plus riches habits couvriront tes appas.

NAÏS.

Tu promets maintenant, tu préviens mon envie,
Bientôt à mes regrets tu m'abandonneras.

DAPHNIS.

Oh ! non ! jamais. Pourquoi, grands dieux ! ne puis-je pas
Te donner et mon sang, et mon âme, et ma vie ?

NAÏS.

Ah !... Daphnis ! je me meurs... Apaise ton courroux
Diane.

DAPHNIS.

Que crains-tu ? L'Amour sera pour nous.

NAÏS.

Ah ! méchant, qu'as-tu fait ?

DAPHNIS.

J'ai signé ma promesse,

NAÏS.

J'entrai fille en ce bois et chère à ma Déesse.

DAPHNIS.

Tu vas en sortir femme et chère à ton époux.

VIII

NÉÈRE

. . . .
... Tel qu'à sa mort, pour la dernière fois,
Un beau cygne soupire, et de sa douce voix,
De sa voix qui bientôt lui doit être ravie,
Chante, avant de partir, ses adieux à la vie :
Ainsi, les yeux remplis de langueur et de mort,
Pâle, elle ouvrit sa bouche en un dernier effort.

— O vous, du Sébethus Naïades vagabondes,
Coupez sur mon tombeau vos chevelures blondes.
Adieu, mon Clinias ! moi, celle qui te plus,
Moi, celle qui t'aimai, que tu ne verras plus.
O cieux, ô terre, ô mer, prés, montagnes, rivages,
Fleurs, bois mélodieux, vallons, grottes sauvages,
Rappelez-lui souvent, rappelez-lui toujours
Néère tout son bien, Néère ses amours ;
Cette Néère, hélas ! qu'il nommait sa Néère,
Qui pour lui criminelle abandonna sa mère ;
Qui pour lui fugitive, errant de lieux en lieux,
Aux regards des humains n'osa lever les yeux.
O ! soit que l'astre pur des deux frères d'Hélène
Calme sous ton vaisseau la vague ionienne ;
Soit qu'aux bords de Pœstum, sous ta soigneuse main,
Les roses deux fois l'an couronnent ton jardin,

Au coucher du soleil, si ton âme attendrie
Tombe en une muette et molle rêverie.
Alors, mon Clinias, appelle, appelle-moi.
Je viendrai, Clinias, je volerai vers toi.
Mon âme vagabonde à travers le feuillage
Frémira. Sur les vents ou sur quelque nuage
Tu la verras descendre, ou du sein de la mer,
S'élevant comme un songe, étinceler dans l'air ;
Et ma voix, toujours tendre et doucement plaintive,
Caresser en fuyant ton oreille attentive.

. . . .

Néère, ne va plus te confier aux flots.
De peur d'être Déesse, et que les matelots
N'invoquent, au milieu de la tourmente amère,
La blanche Galatée et la blanche Néère.

IX

MNAZILE ET CHLOÉ

CHLOÉ.

Fleurs, bocage sonore, et mobiles roseaux
Où murmure Zéphyre au murmure des eaux,
Parlez, le beau Mnazile est-il sous vos ombrages ?
Il visite souvent vos paisibles rivages.
Souvent j'écoute ; et l'air qui gémit dans vos bois
A mon oreille au loin vient apporter sa voix.

MNAZILE.

Onde, mère des fleurs, Naïade transparente,
Qui pressez mollement cette enceinte odorante,

Amenez-y Chloé, l'amour de mes regards.
Vos bords m'offrent souvent ses vestiges épars.
Souvent ma bouche vient, sous vos sombres allées,
Baiser l'herbe et les fleurs que ses pas ont foulées.

CHLOÉ.

Oh ! s'il pouvait savoir quel amoureux ennui
Me rend cher ce bocage où je rêve de lui !
Peut-être je devais d'un souris favorable
L'inviter, l'engager à me trouver aimable.

MNAZILE.

Si, pour m'encourager, quelque Dieu bienfaiteur
Lui disait que son nom fait palpiter mon cœur !
J'aurais dû l'inviter, d'une voix douce et tendre,
A se laisser aimer, à m'aimer, à m'entendre.

CHLOÉ.

Ah ! je l'ai vu. C'est lui. Dieux ! je vais lui parler !
O ma bouche ! ô mes yeux ! gardez de vous troubler.

MNAZILE .

Le feuillage a frémi. Quelque robe légère...
C'est elle ! O mes regards, ayez soin de vous taire.

CHLOÉ.

Quoi ! Mnazile est ici ? Seule, errante, mes pas
Cherchaient ici le frais et ne t'y croyaient pas.

MNAZILE.

Seul, au bord de ces flots que le tilleul couronne,
J'avais fui le soleil et n'attendais personne...

X

L'AMOUREUSE

Mon visage est flétri des regards du soleil.
Mon pied blanc sous la ronce est devenu vermeil.
J'ai suivi tout le jour le fond de la vallée.
Des bêlements lointains partout m'ont appelée.
J'ai couru : tu fuyais sans doute loin de moi :
C'étaient d'autres pasteurs. Où te chercher ? O toi
Le plus beau des humains. Dis-moi, fais-moi connaître
Où sont donc tes troupeaux, où tu les mènes paître
Pour que je cesse enfin de courir sur les pas
Des troupeaux étrangers que tu ne conduis pas.

    Une femme, une poétesse chante ainsi :

O jeune adolescent, tu rougis devant moi.
Vois mes traits sans couleur ; ils pâlissent pour toi.
C'est ton front virginal, ta grâce, ta décence.
Viens. Il est d'autres jeux que les jeux de l'enfance.
O jeune adolescent, viens savoir que mon cœur
N'a pu de ton visage oublier la douceur.
Bel enfant, sur ton front la volupté réside
Ton regard est celui d'une vierge timide.
Ton sein blanc, que ta robe ose cacher au jour,
Semble encore ignorer qu'on soupire d'amour.
Viens le savoir de moi. Viens. Je veux te l'apprendre,
Viens remettre en mes mains ton âme vierge et tendre.
Afin que mes leçons, moins timides que toi,
Te fassent soupirer et languir comme moi ;
Et qu'enfin rassuré, cette joue enfantine
Doive à mes seuls baisers cette rougeur divine.

. . . .
Oh ! je voudrais qu'ici tu vinsses un matin
Reposer mollement ta tête sur mon sein !
Je te verrais dormir, retenant mon haleine,
De peur de t'éveiller, ne respirant qu'à peine.
Mon écharpe de lin que je ferais flotter,
Loin de ton beau visage aurait soin d'écarter
Les insectes volants dont les ailes bruyantes
Aiment à se poser sur les lèvres dormantes.

. . . .
La Nymphe l'aperçoit, et l'arrête et soupire.
Vers un banc de gazon, tremblante, elle l'attire ;
Elle s'assied. Il vient, timide avec candeur,
Ému d'un peu d'orgueil, de joie et de pudeur.
Les deux mains de la Nymphe errent à l'aventure,
L'une sur son front blanc va de sa chevelure
Former les blonds anneaux. L'autre de son menton
Caresse lentement le mol et doux coton.
« Approche, bel enfant, approche, lui dit-elle,
Toi si jeune et si beau, près de moi jeune et belle,
Viens, ô mon bel ami, viens, assieds-toi sur moi.
Dis, quel âge, mon fils, s'est écoulé pour toi ?
Aux combats du gymnase as-tu quelque victoire ?
Aujourd'hui, m'a-t-on dit, tes compagnons de gloire,
Trop heureux ! te pressaient entre leurs bras glissants,
Et l'olive a coulé sur tes membres luisants.
Tu baisses tes yeux noirs ? Bienheureuse la mère
Qui t'a formé si beau, qui t'a nourri pour plaire !
Sans doute elle est Déesse. Eh quoi ! ton jeune sein
Tremble et s'élève ? Enfant, tiens. Porte ici ta main.
Le mien plus arrondi s'élève davantage.
Ce n'est pas (le sais-tu ? déjà dans le bocage

Quelque voile de Nymphe est-il tombé pour toi?)
Ce n'est pas cela seul qui diffère chez moi.
Tu souris ? tu rougis ? Que ta joue est brillante !
Que ta bouche est vermeille et ta peau transparente
N'es-tu pas Hyacinthe au blond Phébus si cher ?
Ou ce jeune Troyen ami de Jupiter ?
Ou celui qui, naissant pour plus d'une immortelle,
Entr'ouvrit de Myrrha l'écorce maternelle ?
Ami, qui que tu sois, oh ! tes yeux sont charmants,
Bel enfant, aime-moi. Mon cœur de mille amants
Rejeta mille fois la poursuite enflammée ;
Mais toi seul, aime-moi, j'ai besoin d'être aimée.

Vois-tu sur la colline, vois-tu ceci, vois-tu cela ?... Si tu
veux m'aimer, tout cela sera à toi.

Mon amour, aime-moi... Sur l'herbe chaque soir,
Au coucher du soleil, nous viendrons nous asseoir.

Je ferai ceci et cela pour te plaire.

« Laisse, ô blanche Lydé, toi par qui je soupire,
Sur ce pâle berger tomber un doux sourire.
Et, de ton grand œil noir daignant chercher ses pas.
Dis-lui : Pâle berger, viens ; je ne te hais pas.

— Pâle berger aux yeux mourants, à la voix tendre.
Cesse, à mes doux baisers cesse enfin de prétendre.
Non, berger, je ne puis. Je n'en ai point pour toi,
Ils sont tous à Mœris, ils ne sont plus à moi. »

XI

DAMALIS

A.

Tu poursuis Damalis : mais cette blonde tête
Pour le joug de Vénus n'est point encore prête.
C'est une enfant encore. Elle fuit les liens,
Et ses yeux innocents n'entendent pas les tiens.
Ta génisse naissante au sein du pâturage
Ne cherche au bord des eaux que le saule et l'ombrage
Sans répondre à la voix des époux mugissants,
Elle se mêle aux jeux de ses frères naissants.
Le fruit encore vert, la vigne encore acide
Tentent de ton palais l'inquiétude avide.
Va, l'automne, bientôt succédant à des fleurs,
Saura mûrir pour toi leurs mielleuses liqueurs.
Tu la verras bientôt, lascive et caressante,
Tourner vers les baisers sa tête languissante.
Attends. Le jeune épi n'est point couronné d'or ;
Le sang du doux mûrier ne jaillit point encore :
La fleur n'a point percé sa tunique sauvage ;
Le jeune oiseau n'a point encore de plumage.
Qui prévient le moment l'empêche d'arriver.

B.

Qui le laisse échapper ne peut le retrouver.
Les fleurs ne sont plus tout ; le verger vient d'éclore
Et l'automne a tenu les promesses de Flore.

Le fruit est mûr, et garde en sa douce âpreté
D'un fruit à peine mûr l'aimable crudité.
L'oiseau d'un doux plumage enveloppe son aile.
Du milieu des bourgeons le feuillage étincelle.
La rose et Damalis de leur jeune prison
Ont ensemble percé la jalouse cloison.
Effrayée et confuse, et versant quelques larmes,
Sa mère en souriant a calmé ses alarmes.
L'Hyménée a souri quand il a vu son sein
Pouvoir bientôt remplir une amoureuse main.
Sur le coing parfumé le doux printemps colore
La grenade entr'ouverte au fond de ses réseaux
Nous laisse voir l'éclat de ses rubis nouveaux.
La châtaigne, longtemps cachée et dangereuse,
Veut se montrer et fend son écorce épineuse.

XII

1. LA JEUNE TARRENTINE

Pleurez, doux alcyons, ô vous, oiseaux sacrés,
Oiseaux chers à Thétis, doux alcyons, pleurez.
Elle a vécu, Myrto, la jeune Tarentine !
Un vaisseau la portait aux bords de Camarine ;
Là, l'hymen, les chansons, les flûtes, lentement
Devaient la reconduire au seuil de son amant.
Une clef vigilante a, pour cette journée,
Dans le cèdre enfermé sa robe d'hyménée,
Et l'or dont au festin ses bras seraient parés,
Et pour ses blonds cheveux les parfums préparés.
Mais, seule sur la proue, invoquant les étoiles,

Le vent impétueux qui soufflait dans les voiles
L'enveloppe. Étonnée et loin des matelots,
Elle crie, elle tombe, elle est au sein des flots.

Elle est au sein des flots, la jeune Tarentine.
Son beau corps a roulé sous la vague marine.
Thétis, les yeux en pleurs, dans le creux d'un rocher
Aux monstres dévorants eut soin de le cacher.
Par ses ordres bientôt les belles Néréides
L'élèvent au-dessus des demeures humides,
Le portent au rivage, et dans ce monument
L'ont, au cap du Zéphyr, déposé mollement.
Puis de loin, à grands cris appelant leurs compagnes,
Et les Nymphes des bois, des sources, des montagnes,
Toutes, frappant leur sein et traînant un long deuil,
Répétèrent : « Hélas ! » autour de son cercueil.

Hélas ! chez ton amant tu n'es point ramenée,
Tu n'as point revêtu ta robe d'hyménée,
L'or autour de tes bras n'a point serré de nœuds.
Les doux parfums n'ont point coulé sur tes cheveux

2. CHRYSÉ

(IMITÉ DE PROPERCE)

Pourquoi, belle Chrysé, t'abandonnant aux voiles,
T'éloigner de nos bords sur la foi des étoiles ?
Dieux ! je t'ai vue en songe. Et, de terreur glacé,
J'ai vu sur des écueils ton vaisseau fracassé,
Ton corps flottant sur l'onde, et tes bras avec peine.
Cherchant à repousser la vague ionienne.

Les filles de Nérée ont volé près de toi.
Leur sein fut moins troublé de douleur et d'effroi
Quand, du bélier doré qui traversait leurs ondes,
La jeune Hellé tomba dans leurs grottes profondes
Oh ! que j'ai craint de voir à cette mer, un jour,
Tiphys donner ton nom et plaindre mon amour !
Que j'adressai de vœux aux Dieux de l'onde amère
Que de vœux à Neptune, à Castor, à son frère !
Glaucus ne te vit point : car sans doute avec lui
Déesse, au sein des mers tu vivrais aujourd'hui.
Déjà tu n'élevais que des mains défaillantes ;
Tu me nommais déjà de tes lèvres mourantes,
Quand, pour te secourir, j'ai vu fendre les flots
Au dauphin qui sauva le chanteur de Lesbos.

3. AMYMONE

Salut, belle Amymone ; et salut, onde amère,
A qui je dois la belle à mes regards si chère.
Assise dans sa barque, elle franchit les mers.
Son écharpe à longs plis serpente dans les airs.
Ainsi l'on vit Thétis flottant vers le Pénée,
Conduite à son époux par le blond Hyménée,
Fendre la plaine humide, et, se tenant au frein
Presser le dos glissant d'un agile dauphin.
Si tu fusses tombée en ces gouffres liquides,
La troupe aux cheveux noirs des fraîches Néréides
A ton aspect sans doute aurait eu de l'effroi,
Mais pour te secourir n'eût point volé vers toi.
Près d'elles descendue, à leurs yeux exposée,
Opis et Cymodoce et la blanche Nésée
Eussent rougi d'envie, et sur tes doux attraits

Cherché, non sans dépit, quelques défauts secrets ;
Et loin de toi chacune, avec un soin extrême
Sous un roc de corail menant le Dieu qu'elle aime,
L'eût tourmenté de cris amers, injurieux,
S'il avait en partant jeté sur toi les yeux.

XIII

BACCHUS

IMITÉ D'OVIDE (*Métamorphoses*).

Viens, ô divin Bacchus, ô jeune Thyonée,
O Dyonise, Évan, Iacchus et Lénée,
Viens, tel que tu parus aux déserts de Naxos,
Quand tu vins rassurer la fille de Minos.
Le superbe éléphant, en proie à ta victoire,
Avait de ses débris formé ton char d'ivoire.
De pampres, de raisins, mollement enchaînés,
Le tigre aux larges flancs de taches sillonnés
Et le lynx étoilé, la panthère sauvage
Promenaient avec toi ta cour sur ce rivage.
L'or reluisait partout aux axes de tes chars.
Les Ménades couraient en longs cheveux épars
Et chantaient Évoë, Bacchus et Thyonée,
Et Dyonise, Évan, Iacchus et Lénée,
Et tout ce que pour toi la Grèce eut de beaux noms
Et la voix des rochers répétait leurs chansons,
Et le rauque tambour, les sonores cymbales,
Les hautbois tortueux, et les doubles crotales
Qu'agitaient en dansant sur ton bruyant chemin
Le Faune, le Satyre et le jeune Sylvain,

Au hasard attroupés autour du vieux Silène,
Qui, sa coupe à la main, de la rive indienne,
Toujours ivre, toujours débile, chancelant,
Pas à pas cheminait sur son âne indolent.

C'est le Dieu de Nyza, c'est le vainqueur du Gange,
Au visage de vierge, au front ceint de vendange,
Qui dompte et sait courber sous son char gémissant
Du lynx aux cent couleurs le front obéissant.

Apollon et Bacchus, un crin noir et sauvage
N'a hérissé jamais votre jeune visage.
Apollon et Bacchus, vous seuls entre les Dieux
D'un éternel printemps vous êtes radieux.
Sous le tranchant du fer vos chevelures blondes
N'ont jamais vu tomber leurs tresses vagabondes.
. . . .

XIV

JUPITER ET EUROPE

D'un pied léger et sûr tu vois fendre les ondes,
Est le seul que jamais Amphitrite ait porté.
Il nage aux bords Crétois. Une jeune beauté
Dont le vent fait voler l'écharpe obéissante
Sur ses flancs est assise, et d'une main tremblante
Tient sa corne d'ivoire, et, les pleurs dans les yeux
Appelle ses parents, ses compagnes, ses jeux ;
Et, redoutant la vague et ses assauts humides,
Retire et veut sous soi cacher ses pieds timides.

L'art a rendu l'airain fluide et frémissant.
On croit le voir flotter. Ce nageur mugissant,
Ce taureau, c'est un Dieu ; c'est Jupiter lui-même.
Dans ses traits déguisés, du monarque suprême
Tu reconnais encore et la foudre et les traits.
Sidon l'a vu descendre au bord de ses guérets,
Sous ce front emprunté couvrant ses artifices,
Brillant objet des vœux de toutes les génisses.
La vierge tyrienne, Europe, son amour,
Imprudente, le flatte ; il la flatte à son tour ;
Et, se fiant à lui, la belle désirée
Ose asseoir sur son flanc cette charge adorée.
Il s'est lancé dans l'onde ; et le divin nageur,
Le taureau roi des Dieux, l'humide ravisseur,
A déjà passé Chypre et ses rives fertiles ;
l s'approche de Crète, et va voir les cent villes.

XV

L'ENLÈVEMENT D'EUROPE

Telle éclate Vénus au milieu des trois sœurs.
Mais son sort n'était pas de n'aimer que les fleurs
Et de garder toujours sa pudique ceinture.
Le roi des Dieux l'a vue. Une active blessure
Le dévore, dompté sous l'arc insidieux
Du Dieu qui peut dompter même le roi des Dieux.
Mais, voulant la séduire, et de sa fière épouse
Éviter, cependant, la colère jalouse,
Il sut cacher le Dieu sous le front d'un taureau
Non ressemblant à ceux qui, sous un lourd fardeau

Rampent, traînant d'un char les axes difficiles,
Ou préparent la terre à des moissons fertiles :
Sur tout son corps s'étend un blond et pur éclat ;
Une toile d'argent sur son front délicat
Luit. D'amour dans ses yeux brille la flamme ardente
Un double ivoire enfin sur sa tête élégante
Se recourbe ; la nuit tel est le beau croissant
Que Phœbé, dans les cieux, allume en renaissant.
Il va sur la prairie, et de frayeur atteinte
Nulle vierge ne fuit. Elles courent, sans crainte,
Vers l'animal paisible, et qui, plus que les fleurs,
De l'ambroisie au loin exhale les odeurs.
Il s'avance à pas lents trouver la jeune reine.
Sur ses pieds délicats sa langue se promène.
Europe, de sa bouche, en le voyant si beau,
Vient essuyer l'écume, et baise le taureau.
Il mugit doucement : la flûte de Lydie
Chante une moins suave et tendre mélodie.
Il s'incline à ses pieds ; tient sur elle les yeux,
Lui montre la beauté de son flanc spacieux.
Soudain : « Venez, venez, ô mes chères compagnes,
Dit-elle ; de nos jeux égayons ces campagnes.
Sur ce taureau si doux nous allons nous asseoir ;
Son large dos pourra toutes nous recevoir, '
Toutes nous emporter, comme un vaste navire.
C'est un esprit humain qui sans doute l'inspire.
Nul autre ne s'est vu qui pût lui ressembler.
Il lui manque une voix. Il voudrait nous parler. »
Elle dit et s'assied. La troupe à l'instant même
Vient ; mais, se relevant sous le fardeau qu'il aime,
Le Dieu fuit vers la mer. L'imprudente soudain
Les appelle à grands cris, pleure, leur tend la main

Elles courent ; mais lui, qui de loin les devance,
Comme un léger dauphin dans les ondes s'élance.
En foule, sur les flancs de leurs monstres nageurs,
Les filles de Nérée autour des voyageurs
Sortent. Le roi des eaux, calmant la vague amère,
Fraye, agile pilote, une voie à son frère ;
D'hyménée, auprès d'eux, les humides Tritons
Sur leurs conques d'azur répètent les chansons.
Sur le front du taureau la belle palpitante
S'appuie, et l'autre main tient sa robe flottante
Qu'à bonds impétueux souillerait l'eau des mers.
Autour d'elle son voile épandu dans les airs,
Comme le lin qui pousse une nef passagère,
S'enfle, et sur son amant la soutient plus légère.
Mais, dès que nul rivage, à son timide effroi,
Nul mont ne s'offrit plus, qu'elle n'eut devant soi
Rien qu'une mer immense et le ciel sur sa tête,
Promenant autour d'elle une vue inquiète :
— Dieu taureau, quel es-tu ? Parle, taureau trompeur,
Où me vas-tu porter ? N'en as-tu point de peur,
De ces flots ? Car ces flots aux poupes vagabondes
Cèdent ; mais les troupeaux craignent les mers profon-
                                                    [des.
Où sera la pâture et l'eau douce pour toi ?
Es-tu Dieu ? mais des Dieux que ne suis-tu la loi ?
La terre aux dauphins, l'onde aux taureaux est fermée ;
Mais toi seul sur la terre et sur l'onde animée
Cours. Tes pieds sont la rame ouvrant le sein des mers
Et bientôt des oiseaux peut-être dans les airs
Iras-tu joindre aussi la volante famille.
O palais de mon père ! ô malheureuse fille,
Qui, pour tenter sur l'onde un voyage nouveau,

Seule, errante, ai suivi ce perfide taureau !
Et toi, maître des flots, favorise ma route.
Mon invisible appui se montrera sans doute ;
Sans doute ce n'est pas sans un pouvoir divin,
Que s'aplanit sous moi cet humide chemin.

Elle dit. A ces mots, pour la tirer de peine,
Du quadrupède amant sort une voix humaine :
— O vierge, ne crains point les fureurs de la mer ;
Dans ce taureau nageur tu presses Jupiter.
Je me choisis en maître une forme, un visage.
Mon amour, ta beauté m'ont, sous ce corps sauvage,
Fait mesurer des flots cet empire inconstant.
a Crète, île fameuse, est le bord qui t'attend.
Il m'a nourri moi-même. Et là, ta destinée
Te promet de grands rois, fils de notre hyménée.

Il dit ; le bord paraît, les heures, en ce lieu,
Ont préparé son lit... Il se relève dieu,
Détache la ceinture à la belle étrangère,
Et la vierge en ses bras devient épouse et mère.

XVI

HYLAS

...Vous savez, ou bien venez apprendre
Quels doux larcins, d'Hercule insidieux rivaux,
Du jeune et bel Hylas firent un Dieu des eaux.
Le navire éloquent, fils des bois du Pénée,
Qui portait à Colchos la Grèce fortunée,

Craignant près de l'Euxin les menaces du Nord,
S'arrête, et se confie au doux calme d'un port.
Aux regards des héros le rivage est tranquille.
Ils descendent. Hylas prend un vase d'argile,
Et, va pour leurs banquets sur l'herbe préparés,
Chercher une onde pure en ces bords ignorés.

Reines, au sein d'un bois, d'une source prochaine,
Trois Naïades l'ont vu s'avancer dans la plaine.
Elles ont vu ce front de jeunesse éclatant,
Cette bouche, ces yeux. Et leur onde à l'instant
Plus limpide, plus belle, un plus léger zéphyre,
Un murmure plus doux l'avertit et soupire :
Il accourt. Devant lui l'herbe jette des fleurs.
Sa main errante suit l'éclat de leurs couleurs ;
Elle oublie, à les voir, l'emploi qui la demande,
Et s'égare à cueillir une belle guirlande.
Mais l'onde encor soupire et sait le rappeler.
Sur l'immobile arène il l'admire couler,
Se courbe, et, s'appuyant à la rive penchante,
Dans le cristal sonnant plonge l'urne pesante.

De leurs roseaux touffus les trois Nymphes soudain
Volent, fendent leurs eaux, l'entraînent par la main
En un lit de joncs faits et de mousses nouvelles.
Sur leur sein, dans leurs bras, assis au milieu d'elles,
Leur bouche, en mots mielleux où l'amour est vanté,
Le rassure, et le loue, et flatte sa beauté.
Leurs mains vont caressant sur sa joue enfantine
De la jeunesse en fleur la première étamine,
Ou sèchent en riant quelques pleurs gracieux
Dont la frayeur subite avait rempli ses yeux.

— Quand ces trois corps d'albâtre atteignaient le rivage.
D'abord, j'ai cru, dit-il, que c'était mon image
Qui de cent flots brisés prompte à suivre la loi,
Ondoyante volait et s'élançait vers moi.

Mais Alcide inquiet, que presse un noir augure,
Va, vient, le cherche, crie ; auprès de l'onde pure,
« Hylas ! Hylas ! » il crie et mille et mille fois.
Le jeune enfant de loin croit entendre sa voix,
Et du fond des roseaux, pour le tirer de peine,
Lui répond une voix non entendue et vaine.

XVII

ORPHÉE

Ainsi quand de l'Euxin la Déesse étonnée
Vit du premier vaisseau son onde sillonnée,
Aux héros de la Grèce, à Colchos appelés,
Orphée expédiait les mystères sacrés.
Dont sa mère immortelle avait daigné l'instruire.
Près de la poupe assis, appuyé sur sa lyre,
Il chantait quelles lois à ce vaste univers
Impriment à la fois des mouvements divers,
Quelle puissance entraîne ou fixe les étoiles,
D'où le souffle des vents vient animer les voiles,
Dans l'ombre de la nuit quels célestes flambeaux
Sur l'aveugle Amphitrite éclairent les vaisseaux.
Ardents à recueillir ces merveilles utiles,
Autour du demi-dieu les princes immobiles.
Aux accents de sa voix demeuraient suspendus,
Et l'écoutaient encor quand il ne chantait plus.

XVIII

LE RETOUR D'ULYSSE

. . . .
Se tait, baisse les yeux et sous un front paisible
Lui garde dans son cœur sa réponse terrible.

. . . .
Sourit, mais d'un sourire amer et meurtrier.

. . . .
Et portent à mon lit une envie adultère.

. . . .
Il se dépouille alors, prêt à parler en maître,
De ces lambeaux trompeurs qui l'ont fait méconnaître
S'élance sur le seuil, l'arc en main ; à ses pieds
Verse au carquois fatal tous les traits confiés ;
Et là : — « Nous achevons un jeu lent et pénible,
Princes ; tentons un but plus neuf, plus accessible,
Et si les Dieux encor me gardent leur faveur... »

Et la flèche aussitôt, docile à l'arc vengeur,
Va sur Antinoüs se fixer d'elle-même.
Le fier Antinoüs dans cet instant suprême
Tenait en main sa coupe, ouvrage précieux
Où pétillait dans l'or un vin délicieux.
La crainte, le trépas sont loin de sa pensée,
Et qu'un seul homme, aux yeux d'une troupe empressée
Plus que vingt bras armés quand son bras serait fort,
Pût oser l'attaquer et lui porter la mort.
Sur ses lèvres déjà la coupe reposée
Du nectar écumant lui versait la rosée,
Quand le fer, qu'à grand bruit fait voler l'arc nerveux,
Vient lui percer la gorge et sort dans ses cheveux.

Sa tête se renverse et l'entraîne et succombe.
La coupe de sa main fuit. Il expire. Il tombe.
Sa bouche, tous ses traits en longs et noirs torrents
Jaillissent. Sous ses pieds agités et mourants,
Table, vases, banquet, tout tombe, tout s'écroule,
Tout est souillé de sang.
               De leurs sièges en foule
Ils s'élancent soudain. Confus, tumultueux,
Ils errent. Leurs regards sur les murs somptueux
Cherchent, fouillent partout ; et rien à leur vengeance
Ne présente une épée ou le fer d'une lance.
Ils entourent Ulysse, et d'un œil de courroux :
« Malheureux étranger, si peu sûr de tes coups,
Tremble, tu paieras cher ton erreur homicide ;
Ta main ne sera plus imprudente et perfide ;
Du premier de nos Grecs elle tranche les jours ;
Mais, malheureux, ton corps va nourrir les vautours.
Insensés ! d'une erreur ils le croyaient coupable ;
Ils ne présumaient pas que ce coup formidable
Pour eux d'un même sort était l'avant-coureur.

Ulysse, sur eux tous roulant avec fureur
Un regard enflammé d'une sanglante joie :
« Vous ne m'attendiez plus des campagnes de Troie,
Lâches, qui, loin de moi, dévorant ma maison,
De tous mes serviteurs payant la trahison,
Osiez porter vos vœux au lit de mon épouse,
Sans redouter des Dieux la vengeance jalouse,
Ou qu'aucun bras mortel osât me secourir ?
Tremblez, lâches, tremblez : vous allez tous mourir.

. . . .

XIX

CHANSON DES YEUX

(Le commencement est imité de Shak. f. p. of. Henry IV.)

Viens : là, sur des joncs frais ta place est toute prête.
Viens, viens. Sur mes genoux viens reposer ta tête.
Les yeux levés vers moi, tu resteras muet,
Et je te chanterai la chanson qui te plaît.
Comme on voit, au moment où Phœbus va renaître,
La nuit prête à s'enfuir, le jour prêt à paraître,
Je verrai tes beaux yeux, les yeux de mon ami,
En un demi-sommeil se fermer à demi.
Tu me diras : « Adieu, je dors, adieu, ma belle.
— Adieu, dirai-je, adieu, dors, mon ami fidèle.
Car le... aussi dort le front vers les cieux, »
Et j'irai te baiser et le front et les yeux.

Ne me regarde point, cache, cache tes yeux ;
Mon sang en est brûlé ; tes regards sont des feux.
Viens, viens. Quoique vivant et dans ta fleur première,
Je veux avec mes mains te fermer la paupière,
Ou, malgré tes efforts, je prendrai tes cheveux
Pour en faire un bandeau qui te cache les yeux.

Cette fin est également imitée de Shakespeare, *Mesure
pour mesure*, acte IV, sc. 1. C'est à ce dernier morceau que
le titre *Chanson des yeux* est appliqué par l'auteur.

6

XX

UN JEUNE HOMME FOU PAR AMOUR

Pour lui, ce Praxitèle a de sa main savante
Des antres de Paros fait sortir une amante ;
Car, malheureux rival d'Anchise et de Pâris,
Il aime ce beau marbre, image de Cypris.
Il a su, sa cachant au fond du sanctuaire,
Passer toute une nuit près de l'idole chère
Dont les contours divins ont laissé voir au jour
La trace des fureurs d'un fol et vain amour.
Il est toujours au temple avec son immortelle,
Et là, seul, il la flatte, il lui dit qu'elle est belle,
L'appelle par des noms mielleux, tendres, brûlants,
Et parcourt à plaisir et son sein et ses flancs
D'autres fois il arrive inquiet, irascible,
La gronde, la nommant dure, froide, insensible ;
Lui dit qu'elle est de pierre et qu'elle est sans appas
Puis lui pardonne, pleure, et la tient dans ses bras.
« Baise-moi, » lui dit-il. Et sa bouche insensée
Baise et presse longtemps cette bouche glacée,
D'un doux reproche encor la caresse ; et sa main
La punit mollement d'un injuste dédain.

Lucian. Amor.

EPIGRAMMES

ERICHTON

J'apprends, pour disputer un prix si glorieux,
Le bel art d'Érichton, mortel prodigieux

Qui sur l'herbe glissante, en longs anneaux mobiles,
Jadis homme et serpent, traînait ses pieds agiles.
Élevé sur un axe, Érichton le premier
Aux liens du timon attacha le coursier,
Et vainqueur, près des mers, sur les sables arides.
Fit voler à grand bruit les quadriges rapides.
Le Lapithe hardi, dans ses jeux turbulents,
Le premier, des coursiers osa presser les flancs.
Sous lui, dans un long cercle achevant leur carrière
Ils surent aux liens livrer leur tête altière,
Blanchir un frein d'écume, et, légers, bondissants,
Agiter, mesurer leurs pas retentissants.

LA NYMPHE ENDORMIE

Je sais, quand le midi leur fait désirer l'ombre,
Entrer à pas muets sous le roc frais et sombre
D'où, parmi le cresson et l'humide gravier.
La Naïade se fraye un oblique sentier.
Là j'épie à loisir la Nymphe blanche et nue
Sur un banc de gazon mollement étendue,
Qui dort, et sur sa main, au murmure des eaux,
Laisse tomber son front couronné de roseaux.

LA LEÇON DE FLUTE

Toujours ce souvenir m'attendrit et me touche,
Quand lui-même, appliquant la flûte sur ma bouche,
Riant et m'asseyant sur lui, près de son cœur,
M'appelait son rival et déjà son vainqueur.
Il façonnait ma lèvre inhabile et peu sûre
A souffler une haleine harmonieuse et pure.

Et ses savantes mains prenaient mes jeunes doigts,
Les levaient, les baissaient, recommençaient vingt fois
Leur enseignant ainsi, quoique faibles encore,
A fermer tour à tour les trous du buis sonore.

LE SATYRE

Toi, de Mopsus ! Ami, non loin de Bérécynthe,
Certain Satyre un jour trouva la flûte sainte
Dont Hyagnis calmait ou rendait furieux
Le cortège énervé de la mère des Dieux.
Il appelle aussitôt, du Sangar au Méandre,
Les Nymphes de l'Asie, et leur dit de l'entendre ;
Que tout l'art d'Hyagnis n'était que dans ce bui ;
Qu'il a, grâce au destin, des doigts tout comme lui.
On s'assied. Le voilà qui se travaille et sue,
Souffle, agite ses doigts, tord sa lèvre touffue,
Enfle sa joue épaisse, et fait tant qu'à la fin
Le buis résonne et pousse un cri rauque et chagrin.
L'auditoire étonné se lève, non sans rire.
Les éloges railleurs fondent sur le Satyre
Qui pleure, et des chiens même, en fuyant vers le bois,
Évite, comme il peut, les dents et les abois.

DIALOGUE

Fille du vieux pasteur, qui d'une main agile
Le soir emplis de lait trente vases d'argile,
Crains la génisse pourpre, au farouche regard,
Qui marche toujours seule et qui paît à l'écart.
Libre, elle lutte et fuit, intraitable et rebelle.
Tu ne presseras point sa féconde mamelle,

A moins qu'avec adresse un de ses pieds lié
Sous un cuir souple et lent ne demeure plié.

(Vu et fait à Catillon, près Forges, le 4 août 1792, et écrit
à Gournay le lendemain.)

IMITONS LES ANCIENS

Comme aux bords d'Eurotas. .   .   .   .
Lorsqu'une épouse est près du terme de Lucine,
On suspend devant elle, en un riche tableau,
Ce que l'art de Zeuxis anima de plus beau ;
Apollon et Bacchus, Hyacinthe, Nirée,
Avec les deux Gémeaux leur sœur tant désirée.
L'épouse les contemple. Elle nourrit ses yeux
De ces objets, honneur de la terre et des cieux ;
Et de son flanc, rempli de ces formes nouvelles,
Sort un fruit noble et beau comme ces beaux modèles.

   A compter nos brebis je remplace ma mère.
Dans nos riches enclos j'accompagne mon père.
J'y travaille avec lui. C'est moi de qui la main,
Au retour de l'été, fait résonner l'airain
Pour arrêter bientôt d'une ruche troublée
Avec ses jeunes rois la jeunesse envolée.
Une ruche nouvelle à ces peuples nouveaux
Est ouverte. Et l'essaim, conduit dans les rameaux
Qu'un olivier voisin présente à son passage,
Pend en grappe bruyante à son amer feuillage.

Sous le roc sombre et frais d'une grotte ignorée
D'où coule une onde pure aux nymphes consacrée

Je suivis l'autre jour un doux et triste son
Et d'un faune plaintif j'ouïs cette chanson :

— Amour, aveugle enfant, quelle est ton injustice !
Hélas ! j'aime Naïs ; je l'aime sans espoir.
Comme elle me tourmente, Hylas fait son supplice.
Écho plaît au berger, il vole pour la voir ;
Écho loin de ses pas suit les pas de Narcisse,
Qui la fuit pour baiser un liquide miroir.
. . . .
. . . .
Tu l'aimes ; on le sait : crois-tu qu'elle l'ignore ?
Tout l'univers le sait ; tu l'as dit si souvent.
Les roseaux de Midas le répètent au vent.

A LA SEINE

Des vallons de Bourgogne, ô toi, fille limpide,
Qui pares de raisins ton front pur et liquide,
Belle Seine, à pas lents, de ton berceau sacré
Descends, tandis qu'assise en cet antre azuré,
D'un vers syracusain la Muse de Mantoue.
Fait résonner ton onde où le cygne se joue.

A UNE ANGLAISE

Si ton âme a goûté la voix pure et facile
Dont Popa répétait les accents de Virgile ;
Si quelques doux tableaux et quelques sons touchants
De l'antique Spenser te font aimer les chants ;
Viens voir aussi comment, aux bords de notre Seine,
La Muse de Sicile et chante et se promène ;

Les tableaux qu'elle invente, et les accents nouveaux
Que répètent nos bois, nos Nymphes, nos coteaux.

CONTRE L'HIRONDELLE

Que te ferai-je ? dis ! babillarde hirondelle ?
Veux-tu qu'avec le fer je te coupe ton aile ?
Térée impatient, veux-tu qu'avec mes doigts.
Je t'ôte cette langue et l'importune voix
Qui vient, dès le matin, du sommeil ennemie,
A mes songes heureux enlever mon amie ?

IMITÉ DE LA XVIᵉ IDYLLE DE BION

Bel astre de Vénus, de son front délicat
Puisque Diane encor voile le doux éclat,
Jusques à ce tilleul, au pied de la colline,
Prête à mes pas secrets ta lumière divine.
Je ne vais point tenter de nocturnes larcins,
Ni tendre aux voyageurs des pièges assassins.
J'aime ! je vais trouver des ardeurs mutuelles,
Une nymphe adorée, et belle entre les belles,
Comme parmi les feux que Diane conduit
Brillent tes feux si purs ornement de la nuit.

LE PARJURE

Le vers 38 et les trois suivants de la deuxième idylle de
Théocrite sont d'une beauté inexprimable. Je ne crois pas
qu'aucun poète puisse en offrir quatre autres plus touchants,
plus pathétiques, plus remplis de mélancolie et de larmes. Il
n'y a rien de pareil dans l'imitation de Virgile. On trouve
dans l'*Énéide* : *Silent late loca*, qui a quelque rapport avec

l'expression de Théocrite. La répétition qu'il en fait est au-
dessus de l'éloge. Voici comment je viens d'essayer de rendre
ces vers divins :

La mer en ce moment se tait ; les vents se taisent.
Mais l'amour, mais, ô Dieux ! la honte, la douleur,
Ne se taisent jamais dans le fond de mon cœur !
Je brûle, je l'adore, hélas ! quand sa promesse
(Le parjure) a séduit, a trompé ma faiblesse !

ÉLÉGIES

I

A ABEL (DE MALARTIC DE FONDAT)

Abel, doux confident de mes jeunes mystères,
Vois ; Mai nous a rendu nos courses solitaires.
Viens à l'ombre écouter mes nouvelles amours ;
Viens. Tout aime au printemps, et moi j'aime toujours.
Tant que du sombre hiver dura le froid empire,
Tu sais si l'aquilon s'unit avec ma lure.
Ma Muse aux durs glaçons ne livre point ses pas ;
Délicate, elle tremble à l'aspect des frimas,
Et près d'un pur foyer, cachée en sa retraite,
Entend les vents mugir, et sa voix est muette.
Mais sitôt que Procné ramène les oiseaux,
Dès qu'au riant murmure et des bois et des eaux,
Les champs ont revêtu leur robe d'hyménée,
A ses caprices vains sans crainte abandonnée,
Elle renaît ; sa voix a retrouvé des sons ;
Et comme la cigale, amante des buissons,
De rameaux en rameaux tour à tour reposée,

D'un peu de fleur nourrie et d'un peu de rosée,
S'égaye ; et des beaux jours prophète harmonieux,
Aux chants du laboureur mêle son chant joyeux ;
Ainsi, courant partout sous les nouveaux ombrages,
Je vais chantant Zéphyr, les Nymphes, les bocages,
Et les fleurs du printemps et leurs riches couleurs,
Et mes belles amours, plus belles que les fleurs.

II

ÉLÉGIE TIRÉE D'UNE IDYLLE DE BION

(IDYLLE III)

Loin des bords trop fleuris de Gnide et de Paphos,
Effrayé d'un bonheur ennemi du repos,
J'allais, nouveau pasteur, aux champs de Syracuse,
Invoquer dans mes vers la nymphe d'Aréthuse ;
Lorsque Vénus, du haut des célestes lambris,
Sans armes, sans carquois, vint m'amener son fils.
Tous deux ils souriaient : « Tiens, berger, me dit-elle
Je te laisse mon fils, sois son guide fidèle ;
Des champêtres douceurs instruis ses jeunes ans ;
Montre-lui la sagesse ; elle habite les champs. »
Elle fuit. Moi, crédule à cette voix perfide,
J'appelle près de moi l'enfant doux et timide.
Je lui dis nos plaisirs, et la paix des hameaux ;
Un Dieu même au Pénée abreuvant des troupeaux :
Bacchus et les moissons ; quel Dieu, sur le Ménale,
Forma de neuf roseaux une flûte inégale.
Mais lui, sans écouter mes rustiques leçons,

M'apprenait, à son tour, d'amoureuses chansons :
La douceur d'un baiser, et l'empire des belles ;
Tout l'Olympe soumis à des beautés mortelles ;
Des flammes de Vénus Pluton même animé ;
Et le plaisir divin d'aimer et d'être aimé.
Que ses chants étaient doux ! je m'y laissai surprendre,
Mon âme ne pouvait se lasser de l'entendre.
Tous mes préceptes vains, bannis de mon esprit,
Pour jamais firent place à tout ce qu'il m'apprit...
Il connaît sa victoire, et sa bouche embaumée
Verse un miel amoureux sur ma bouche pâmée.
Il coula dans mon cœur ; et, de cet heureux jour,
Et ma bouche et mon cœur n'ont respiré qu'amour.

III

O lignes que sa main, que son cœur a tracées !
O nom baisé cent fois ! craintes bientôt chassées !
Oui : cette longue route et ces nouveaux séjours,
Je craignais... Mais enfin mes lettres, nos amours,
Ma mémoire, partout sont tes chères compagnes.
Dis vrai ! Suis-je avec toi dans ces riches campagnes
Où du Rhône indompté l'Arve trouble et fangeux
Vient grossir et souiller le cristal orageux ?

Ta lettre se promet qu'en ces nobles rivages
Où Sénart épaissit ses immenses feuillages,
Des vers pleins de ton nom attendent ton retour,
Tout trempés de douceurs, de caresses, d'amour.
Heureux qui, tourmenté de flammes inquiètes,
Peut du Permesse encor visiter les retraites ;
Et, loin de son amante égayant sa langueur,

Calmer par des chansons les troubles de son cœur !
Camille, où tu n'es point, moi je n'ai pas de Muse.
Sans toi, dans ses bosquets Hélicon me refuse ;
Les cordes de la lyre ont oublié mes doigts,
Et les chœurs d'Apollon méconnaissent ma voix.
Ces regards purs et doux, que sur ce coin du monde
Verse d'un ciel ami l'indulgence féconde,
N'éveillent plus mes sens ni mon âme. Ces bords
Ont beau de leur Cybèle étaler les trésors ;
Ces ombrages n'ont plus d'aimables rêveries,
Et l'ennui taciturne habite ces prairies.
Tu fis tous leurs attraits : ils fuyaient avec toi
Sur le rapide char qui t'éloignait de moi.
Errant et fugitif, je demande Camille
A ces antres, souvent notre commun asile ;
Ou je vais te cherchant dans ces murs attristés,
Sous tes lambris, jamais par moi seul habités,
Où ta harpe se tait, où la voûte sonore
Fut pleine de ta voix et la répète encore ;
Où tous ces souvenirs cruels et précieux
D'un humide nuage obscurcissent mes yeux.
Mais pleurer est amer pour une belle absente ;
Il n'est doux de pleurer qu'aux pieds de son amante,
Pour la voir s'attendrir, caresser vos douleurs
Et de sa belle main vous essuyer vos pleurs ;
Vous baiser, vous gronder, jurer qu'elle vous aime,
Vous défendre une larme et pleurer elle-même.

Eh bien ! sont-ils bien tous empressés à te voir ?
As-tu sur bien des cœurs promené ton pouvoir ?
Vois-tu tes jours suivis de plaisirs et de gloire,
Et chacun de tes pas compter une victoire ?

Oh ! quel est mon bonheur si, dans un bal bruyant,
Quelque belle tout bas te reproche en riant
D'un silence distrait ton âme enveloppée,
Et que sans doute ailleurs elle est mieux occupée !
Mais, Dieux ! puisses-tu voir, sous un ennui rongeur,
De ta chère beauté flétrir toute la fleur,
Plutôt que d'être heureuse à grossir tes conquêtes ;
D'aller chercher toi-même et désirer des fêtes,
Ou sourire le soir, assise au coin d'un bois,
Aux éloges rusés d'une flatteuse voix,
Comme font trop souvent de jeunes infidèles.
Sans songer que le ciel n'épargne point les belles.
Invisible, inconnu, Dieux ! pourquoi n'ai-je pas
Sous un voile étranger accompagné tes pas ?
J'ai pu de ton esclave, ardent, épris de zèle,
Porter, comme le cœur, le vêtement fidèle.
Quoi ! d'autres loin de moi te prodiguent leurs soins.
Devinent tes pensers, tes ordres, tes besoins !
Et quand d'âpres cailloux la pénible rudesse
De tes pieds délicats offense la faiblesse,
Mes bras ne sont point là pour presser lentement
Ce fardeau cher et doux et fait pour un amant !
Ah ! ce n'est pas aimer que prendre sur soi-même
De pouvoir vivre ainsi loin de l'objet qu'on aime.
Il fut un temps, Camille, où plutôt qu'à me fuir
Tout le pouvoir des Dieux t'eût contrainte à mourir !

Et puis d'un ton charmant ta lettre me demande
Ce que je veux de toi, ce que je te commande !
Ce que je veux ? dis-tu. Je veux que ton retour
Te paraisse bien lent ; je veux que nuit et jour
Tu m'aimes. (Nuit et jour, hélas ! je me tourmente !)

Présente au milieu d'eux, sois seule, sois absente ;
Dors en pensant à moi ; rêve-moi près de toi ;
Ne vois que moi sans cesse, et sois toute avec moi.

IV

Ah ! je les reconnais et mon cœur se réveille.
O sons ! ô douces voix chères à mon oreille !
O mes Muses, c'est vous ; vous mon premier amour,
Vous qui m'avez aimé dès que j'ai vu le jour.
Leurs bras, à mon berceau dérobant mon enfance,
Me portaient sous la grotte où Virgile eut naissance,
Où j'entendais le bois murmurer et frémir,
Où leurs yeux dans les fleurs me regardaient dormir.
Ingrat ! ô de l'amour trop coupable folie !
Souvent je les outrage et fuis et les oublie ;
Et sitôt que mon cœur est en proie au chagrin,
Je les vois revenir le front doux et serein.
J'étais seul, je mourais. Seul, Lycoris absente
De soupçons inquiets, m'agite et me tourmente.
Je vois tous ses appas et je vois mes dangers ;
Ah ! je la vois livrée à des bras étrangers.
Elles viennent ! leurs voix, leur aspect me rassure :
Leur chant mélodieux assoupit ma blessure ;
Je me fuis, je m'oublie, et mes esprits distraits
Se plaisent à les suivre et retrouvent la paix.
Par vous, Muses, par vous, franchissant les collines,
Soit que j'aime l'aspect des campagnes sabines,
Soit Catile ou Falerne et leurs riches coteaux,
Ou l'air de Blandusie et l'azur de ses eaux :
Par vous de l'Anio j'admire le rivage,
Par vous de Tivoli le poétique ombrage,

Et de Bacchus, assis sous des antres profonds,
La nymphe et le satyre écoutant les chansons.
Par vous la rêverie errante, vagabonde,
Livre à vos favoris la nature et le monde ;
Par vous, mon âme au gré de ses illusions
Vole et franchit les temps, les mers, les nations ;
Va vivre en d'autres corps, s'égare, se promène,
Est tout ce qu'il lui plaît, car tout est son domaine.

Ainsi, bruyante abeille, au retour du matin,
Je vais changer en miel les délices du thym.
Rose, un sein palpitant est ma tombe divine.
Frêle atome d'oiseau, de leur molle étamine
Je vais sous d'autres cieux dépouiller d'autres fleurs.
Le papillon plus grand offre moins de couleurs ;
Et l'Orénoque impur, la Floride fertile
Admirent qu'un oiseau si tendre, si débile,
Mêle tant d'or, de pourpre, en ses riches habits,
Et pensent dans les airs voir nager des rubis.
Sur un fleuve souvent l'éclat de mon plumage
Fait à quelque Léda souhaiter mon hommage.
Souvent, fleuve moi-même, en mes humides bras
Je presse mollement des membres délicats,
Mille fraîches beautés que partout j'environne ;
Je les tiens, les soulève, et murmure et bouillonne.
Mais surtout, Lycoris, Protée insidieux,
Partout autour de toi je veille, j'ai des yeux.
Partout, Sylphe ou Zéphyr, invisible et rapide,
Je te vois. Si ton cœur complaisant et perfide
Livre à d'autres baisers une infidèle main,
Je suis là. C'est moi seul dont le transport soudain,
Agitant tes rideaux ou ta porte secrète,

Par un bruit imprévu t'épouvante et t'arrête.
C'est moi, remords jaloux, qui rappelle en ton cœur
Mon nom et tes serments et ma juste fureur.

Mais périsse l'amant que satisfait la crainte !
Périsse la beauté qui m'aime par contrainte,
Qui voit dans ses serments une pénible loi,
Et n'a point de plaisir à me garder sa foi !

V

Jeune fille, ton cœur avec nous veut se taire.
Tu fuis, tu ne ris plus ; rien ne saurait te plaire.
La soie à tes travaux offre en vain des couleurs ;
L'aiguille sous tes doigts n'anime plus des fleurs.
Tu n'aimes qu'à rêver, muette, seule, errante.
Et la rose pâlit sur ta bouche expirante.
Ah ! mon œil est savant et depuis plus d'un jour,
Et ce n'est pas à moi qu'on peut cacher l'amour.

Les belles font aimer ; elles aiment. Les belles
Nous charment tous. Heureux qui peut être aimé d'elles !
Sois tendre, même faible ; on doit l'être un moment ;
Fidèle, si tu peux. Mais conte-moi comment,
Quel jeune homme aux yeux bleus, empressé sans audace
Aux cheveux noirs, au front plein de charme et de
[grâce...
Tu rougis ? On dirait que je t'ai dit son nom.
Je le connais pourtant. Autour de ta maison
C'est lui qui va, qui vient ; et, laissant ton ouvrage,
Tu vas, sans te montrer, épier son passage.
Il fuit vite ; et ton œil, sur sa trace accouru,

Le suit encor longtemps quand il a disparu.
Certe en ce bois voisin où trois fêtes brillantes
Font courir au printemps nos belles triomphantes
Nul n'a sa noble aisance et son habile main
A soumettre un coursier aux volontés du frein.

VI

AUX FRÈRES DE PANGE

(EN PARTANT POUR L'ITALIE)

Vous restez, mes amis, dans ces murs où la Seine
Voit sans cesse embellir les bords dont elle est reine,
Et près d'elle partout voit changer tous les jours
Les fêtes, les travaux, les belles, les amours.
Moi, l'espoir du repos et du bonheur peut-être
Cette fureur d'errer, de voir et de connaître,
La santé que j'appelle et qui fuit mes douleurs
(Bien sans qui tous les biens n'ont aucunes douceurs)
A mes pas inquiets tout me livre et m'engage.
C'est au milieu des soins, compagnons du voyage,
Que m'attend une sainte et studieuse paix
Que les flèches d'amour ne troubleront jamais.
Je suivrai des amis ; mais mon âme d'avance,
Vous, mes autres amis, pleure de votre absence,
Et voudrait, partagée en des penchants si doux,
Et partir avec eux et rester près de vous.

Ce couple fraternel, ces âmes que j'embrasse
D'un lien qui, du temps craignant peu la menace,

7

Se perd dans notre enfance, unit nos premiers jours,
Sont mes guides encore ; ils le furent toujours.
Toujours leur amitié, généreuse, empressée,
A porté mes ennuis et ne s'est point lassée.
Quand Phébus, que l'hiver chasse de vos remparts,
Va de loin vous jeter quelques faibles regards,
Nous allons, sur ses pas, visiter d'autres rives,
Et poursuivre au midi ses chaleurs fugitives.
Nous verrons tous ces lieux dont les brillants destins
Occupent la mémoire ou les yeux des humains :
Marseille où l'Orient amène la fortune ;
Et Venise élevée à l'hymen de Neptune ;
Le Tibre, fleuve-roi, Rome, fille de Mars,
Qui régna par le glaive et règne par les arts ;
Athènes qui n'est plus, et Byzance, ma mère ;
Smyrne qu'habite encore le souvenir d'Homère.
Croyez, car en tous lieux mon cœur m'aura suivi,
Que partout où je suis vous avez un ami.

Mais le sort est secret ! Quel mortel peut connaître
Ce que lui porte l'heure et l'instant qui va naître ?
Souvent ce souffle pur dont l'homme est animé,
Esclave d'un climat, d'un ciel accoutumé,
Redoute un autre ciel, et ne veut plus nous suivre
Loin des lieux où le temps l'habitua de vivre.
Peut-être errant au loin, sous de nouveaux climats,
Je vais chercher la mort qui ne me cherchait pas.
Alors, ayant sur moi versé des pleurs fidèles,
Mes amis reviendront, non sans larmes nouvelles,
Vous conter mon destin, nos projets, nos plaisirs,
Et mes derniers discours et mes derniers soupirs.

Vivez heureux ! gardez ma mémoire aussi chère,
Soit que je vive encor, soit qu'en vain je l'espère.
Si je vis, le soleil aura passé deux fois
Dans les douze palais où résident les mois,
D'une double moisson la grange sera pleine,
Avant que dans vos bras la voile nous ramène.
Si longtemps autrefois nous n'étions point perdus !
Aux plaisirs citadins tout l'hiver assidus,
Quand les jours repoussaient leurs bornes circonscrites,
Et des nuits à leur tour usurpaient les limites,
Comme oiseaux du printemps, loin du nid paresseux,
Nous visitions les bois et les coteaux vineux,
Les peuples, les cités, les brillantes Naïades ;
Et l'humide départ des sinistres Pléiades
Nous renvoyait chercher la ville et ses plaisirs,
Où souvent rassemblés, livrés à nos loisirs,
Honteux d'avoir trouvé nos amours infidèles,
Disputer des beaux-arts, de la gloire et des belles.
Ah ! nous ressemblions, arrêtés ou flottants,
Aux fleuves comme nous voyageurs inconstants.
Ils courent à grand bruit ; ils volent, ils bondissent ;
Dans les vallons riants leurs flots se ralentissent.
Quand l'hiver, accourant du blanc sommet des monts,
Vient mettre un frein de glace à leurs pas vagabonds,
Ils luttent vainement, leurs ondes sont esclaves :
Mais le printemps revient amollir leurs entraves,
Leur frein s'use et se brise au souffle du zéphyr,
Et l'onde en liberté recommence à courir.

VII

AUX FRERES DE PANGE

Aujourd'hui qu'au tombeau je suis prêt à descendre,
Mes amis, dans vos mains je dépose ma cendre.
Je ne veux point, couvert d'un funèbre linceul,
Que les pontifes saints autour de mon cercueil,
Appelés aux accents de l'airain lent et sombre,
De leur chant lamentable accompagnent mon ombre,
Et sous des murs sacrés aillent ensevelir
Ma vie et ma dépouille, et tout mon souvenir.
Eh ! qui peut sans horreur, à ses heures dernières,
Se voir au loin périr dans des mémoires chères ?
L'espoir que des amis pleureront notre sort
Charme l'instant suprême et console la mort.
Vous-mêmes choisirez à mes jeunes reliques
Quelque bord fréquenté des pénates rustiques,
Des regards d'un beau ciel doucement animé,
Des fleurs et de l'ombrage, et tout ce que j'aimai.
C'est là, près d'une eau pure, au coin d'un bois tranquille,
Qu'à mes mânes éteints je demande un asile :
Afin que votre ami soit présent à vos yeux,
Afin qu'au voyageur amené dans ces lieux,
La pierre, par vos mains de ma fortune instruite,
Raconte en ce tombeau quel malheureux habite ;
Quels maux ont abrégé ses rapides instants,
Qu'il fut bon, qu'il aima, qu'il dut vivre longtemps.
Ah ! le meurtre jamais n'a souillé mon courage.
Ma bouche du mensonge ignora le langage,

Et jamais, prodiguant un serment faux et vain,
Ne trahit le secret recélé dans mon sein.
Nul forfait odieux, nul remords implacable
Ne déchire mon âme inquiète et coupable.
Vos regrets la verront pure et digne de pleurs,
Oui, vous plaindrez sans doute, en mes longues dou-
                                              [leurs,
Et ce brillant midi qu'annonçait mon aurore,
Et ces fruits dans leur germe éteints avant d'éclore
Que mes naissantes fleurs auront en vain promis.
Oui, je vais vivre encore au sein de mes amis.
Souvent à vos festins qu'égaya ma jeunesse,
Au milieu des éclats d'une vive allégresse,
Frappés d'un souvenir, hélas ! amer et doux.
Sans doute vous direz : « Que n'est-il avec nous ! »

Je meurs. Avant le soir j'ai fini ma journée.
A peine ouverte au jour, ma rose s'est fanée.
La vie eut bien pour moi de volages douceurs ;
Je les goûtai à peine, et voilà que je meurs.
Mais, oh ! que mollement reposera ma cendre,
Si parfois un penchant impérieux et tendre
Vous guidant vers la tombe où je suis endormi,
Vos yeux en approchant pensent voir leur ami !
Si vos chants de mes feux vont redisant l'histoire
Si vos discours flatteurs, tout pleins de ma mémoire,
Inspirent à vos fils, qui ne m'ont point connu,
L'ennui de naître à peine et de m'avoir perdu.
Qu'à votre belle vie ainsi ma mort obtienne
Tout l'âge, tous les biens dérobés à la mienne ;
Que jamais les douleurs, par de cruels combats,
N'allument dans vos flancs un pénible trépas ;

Que la joie en vos cœurs ignore les alarmes ;
Que les peines d'autrui causent seules vos larmes,
Que vos heureux destins, les délices du ciel,
Coulent toujours trempés d'ambroisie et de miel,
Et non sans quelque amour paisible et mutuelle.
Et quand la mort viendra, qu'une amante fidèle.
Près de vous désolée, en accusant les Dieux,
Pleure, et veuille vous suivre, et vous ferme les yeux.

VIII

Pourquoi de mes loisirs accuser la langueur ?
Pourquoi vers des lauriers aiguillonner mon cœur ?
Abel, que me veux-tu ? Je suis heureux, tranquille.
Tu veux m'ôter mon bien, mon amour, ma Camille,
Mes rêves nonchalants, l'oisiveté, la paix.
A l'ombre, au bord des eaux, le sommeil pur et frais.
Ai-je connu jamais ces noms brillants de gloire
Sur qui tu viens sans cesse arrêter ma mémoire ?
Pourquoi me rappeler, dans tes cris assidus,
Je ne sais quels projets que je ne connais plus ?
Que d'Achille outragé l'inexorable absence
Livre à des feux troyens les vaisseaux sans défense ;
Qu'à Colomb pour le nord révélant son amour,
L'aimant nous ait conduits où va finir le jour.
Jadis, il m'en souvient, quand les bois du Permesse
Recevaient ma première et bouillante jeunesse,
Plein de ces grands objets, ivre de chants guerriers,
Respirant la mêlée et les cruels lauriers,
Je me couvrais de fer, et d'une main sanglante
J'animais aux combats ma lyre turbulente ;
Des arrêts du destin prophète audacieux

J'abandonnais la terre et volais chez les Dieux
Au flambeau de l'Amour j'ai vu fondre mes ailes.
Les forêts d'Idalie ont des routes si belles !
Là, Vénus, me dictant de faciles chansons,
M'a nommé son poète entre ses nourrissons :
Si quelquefois encore, à tes conseils docile,
Ou jouet d'un esprit vagabond et mobile,
Je veux, de nos héros admirant les exploits,
A des sons généreux solliciter ma voix ;
Aux sons voluptueux ma voix accoutumée
Fuit, se refuse et lutte, incertaine, alarmée ;
Et ma main, dans mes vers de travail tourmentés,
Poursuit avec effort de pénibles beautés ;
Mais si, bientôt lassé de ces poursuites folles,
Je retourne à mes riens que tu nommes frivoles,
Si je chante Camille, alors écoute, voi :
Les vers pour la chanter naissent autour de moi.
Tout pour elle a des vers ! Ils renaissent en foule ;
Ils brillent dans les flots du ruisseau qui s'écoule ;
Ils prennent des oiseaux la voix et les couleurs ;
Je les trouve cachés dans les replis des fleurs.
Son sein a le duvet de ce fruit que je touche ;
Cette rose au matin sourit comme sa bouche ;
Le miel qu'ici l'abeille eut soin de déposer
Ne vaut pas à mon cœur le miel de son baiser.
Tout pour elle a des vers ! Ils me viennent sans peine
Doux comme son parler, doux comme son haleine.
Quoi qu'elle fasse ou dise, un mot, un geste heureux
Demande un gros volume à mes vers amoureux.
D'un souris caressant si son regard m'attire,
Mon vers plus caressant va bientôt lui sourire.
Si la gaze la couvre, et le lin pur et fin,

Mollement, sans apprêt, et la gaze et le lin
D'une molle chanson attend une couronne.
D'un luxe étudié si l'éclat l'environne,
Dans mes vers éclatants sa superbe beauté
Vient ravir à Junon toute sa majesté.
Tantôt c'est sa blancheur, sa chevelure noire ;
De ses bras, de ses mains le transparent ivoire.
Mais si jamais, sans voile et les cheveux épars,
Elle a rassasié ma flamme et mes regards,
Elle me fait chanter, amoureuse Ménade,
Des combats de Paphos une longue Iliade ;
Et si de mes projets le vol s'est abaissé,
A la lyre d'Homère ils n'ont point renoncé.
Mais, en la dépouillant de ses cordes guerrières,
Ma main n'a su garder que les cordes moins fières
Qui chantèrent Hélène et les joyeux larcins,
Et l'heureuse Corcyre, amante des festins.
Mes chansons à Camille ont été séduisantes.
Heureux qui peut trouver des Muses complaisantes,
Dont la voix sollicite et mène à ses désirs
Une jeune beauté qu'appelaient ses soupirs.
Hier, entre ses bras, sur sa lèvre fidèle,
J'ai surpris quelques vers que j'avais faits pour elle.
Et sa bouche, au moment que je l'allais quitter,
M'a dit : « Tes vers sont doux, j'aime à les répéter. »
Si cette voix eût dit même chose à Virgile,
Abel, dans ses hameaux il eût chanté Camille ;
N'eût point cherché la palme au sommet d'Hélicon,
Et le glaive d'Énée eût épargné Didon.

IX

LE RETOUR

Ainsi, vainqueur de Troie et des vents et des flots,
D'un navire emprunté pressant les matelots,
Le fils du vieux Laërte arrive en sa patrie,
Baise en pleurant le sol de son île chérie ;
Il reconnaît le port couronné de rochers
Où le vieillard des mers accueille les nochers,
Et que l'olive épaisse entoure de son ombre ;
Il retrouve la source et l'antre humide et sombre
Où l'abeille murmure ; où, pour charmer les yeux,
Teints de pourpre et d'azur, des tissus précieux
Se forment sous les mains des naïades sacrées ;
Et dans ses premiers vœux ces nymphes adorées
(Que ses yeux n'osaient plus espérer de revoir)
De vivre, de régner lui permettent l'espoir.
O des fleuves français brillante souveraine,
Salut ! ma longue course à tes bords me ramène,
Moi que ta nymphe pure en son lit de roseaux
Fit errer tant de fois au doux bruit de ses eaux ;
Moi qui la vis couler plus lente et plus facile,
Quand ma bouche animait la flûte de Sicile ;
Moi, quand l'amour trahi me fit verser des pleurs,
Qui l'entendis gémir et pleurer mes douleurs.
Tout mon cortège antique, aux chansons langoureuses,
Revole comme moi vers tes rives heureuses.
Promptes dans tous mes pas à me suivre en tous lieux,
Le rire sur la bouche et les pleurs dans les yeux,

Partout autour de moi mes jeunes élégies
Promenaient les éclats de leurs folles orgies ;
Et, les cheveux épars, se tenant par la main,
De leur danse élégante égayaient mon chemin.
Il est bien doux d'avoir dans sa vie innocente
Une muse naïve et de haines exempte
Dont l'honnête candeur ne garde aucun secret ;
Où l'on puisse, au hasard, sans crainte, sans apprêt,
Sûr de ne point rougir en voyant la lumière,
Répandre, dévoiler son âme tout entière.

C'est ainsi, promené sur tout cet univers,
Que mon cœur vagabond laisse tomber des vers.
De ses pensers errants vive et rapide image,
Chaque chanson nouvelle a son nouveau langage,
Et des rêves nouveaux un nouveau sentiment :
Tous sont divers, et tous furent vrais un moment.

Mais que les premiers pas ont d'alarmes craintives !
Nymphe de Seine, on dit que Paris sur tes rives
Fait asseoir vingt conseils de critiques nombreux,
Du Pinde partagé despotes soupçonneux :
Affaiblis de leurs yeux la vigilance amère ;
Dis-leur que, sans s'armer d'un front dur et sévère,
Ils peuvent négliger les pas et les douceurs
D'une Muse timide, et qui, parmi ses sœurs,
Rivale de personne et sans demander grâce,
Vient, le regard baissé, solliciter sa place ;
Dont la main est sans tache, et n'a connu jamais
Le fiel dont la satire envenime ses traits.

X

Ah ! portons dans les bois ma triste inquiétude.
O Camille ! l'amour aime la solitude.
Ce qui n'est point Camille est un ennui pour moi.
Là, seul, celui qui t'aime est encore avec toi.
Que bis-je ? Ah ! seul et loin d'une ingrate chérie,
Mon cœur sait se tromper. L'espoir, la rêverie,
Ma delle illusion la reudent à mes feux,
Mais sensible, mais tendre, et comme je la veux :
De ses refus d'apprêt oubliant l'artifice,
Indulgente à l'amour, sans fierté, sans caprice,
De son sexe cruel n'ayant que les appas,
Je la feins quelquefois attachée à mes pas ;
Je l'égare et l'entraîne en des routes secrètes.
Absente, je la tiens en des grottes muettes...
Mais présente, à ses pieds m'attendent les rigueurs,
Et, pour des songes vains, de réelles douleurs.
Camille est un besoin dont rien ne me soulage ;
Rien à mes yeux n'est beau que sa seule image.
Près d'elle, tout, comme elle, est touchant, gracieux ;
Tout est aimable et doux, et moins doux que ses yeux.
Sur l'herbe, sur la soie, au village, à la ville,
Partout, reine ou bergère, elle est toujours Camille,
Et moi toujours l'amant trop prompt à s'enflammer.
Qu'elle outrage, qui l'aime, et veut toujours l'aimer.

XI

O Muses, accourez ; solitaires divines,
Amantes des ruisseaux, des grottes, des collines !

Soit qu'en ses beaux vallons Nîme égare vos pas,
Soit que de doux pensers, en de riants climats,
Vous retiennent aux bords de Loire ou de Garonne ;
Soit que parmi les chœurs de ces nymphes du Rhône
La lune sur les prés, où son flambeau vous luit,
Dansantes vous admire au retour de la nuit ;
Venez. J'ai fui la ville aux Muses si contraire,
Et l'écho fatigué des clameurs du vulgaire.
Sur les pavés poudreux d'un bruyant carrefour
Les poétiques fleurs n'ont jamais vu le jour.
Le tumulte et les cris font fuir avec la lyre
L'oisive rêverie au suave délire ;
Et les rapides chars et leurs cercles d'airain
Effarouchent les vers qui se taisent soudain.
Venez. Que vos bontés ne me soient point avares.
Mais, oh ! faisant de vous mes pénates, mes lares,
Quand pourrai-je habiter un champ qui soit à moi ?
Et, villageois tranquille, ayant pour tout emploi
Dormir et ne rien faire, inutile poète,
Goûter le doux oubli d'une vie inquiète ?
Vous savez si toujours, dès mes plus jeunes ans,
Mes rustiques souhaits m'ont porté vers les champs ;
Si mon cœur dévorait vos champêtres histoires,
Cet âge d'or si cher à vos doctes mémoires,
Ces fleuves, ces vergers, Éden aimé des cieux,
Et du premier humain berceau délicieux ;
L'épouse de Booz, chaste et belle indigente,
Qui suit d'un pas tremblant la moisson opulente ;
Joseph, qui dans Sichem cherche et retrouve, hélas !
Ses dix frères pasteurs qui ne l'attendaient pas ;
Rachel, objet sans prix qu'un amoureux courage
N'a pas trop acheté de quinze ans d'esclavage.

Oh ! oui, je veux un jour, en des bords retirés,
Sur un riche coteau ceint de bois et de prés,
Avoir un humble toit, une source d'eau vive
Qui parle, et dans sa fuite et féconde et plaintive,
Nourrisse mon verger, abreuve mes troupeaux.
Là, je veux, ignorant le monde et ses travaux,
Loin du superbe ennui que l'éclat environne,
Vivre comme jadis, aux champs de Babylone,
Ont vécu, nous dit-on, ces pères des humains
Dont le nom aux autels remplit nos fastes saints ;
Avoir amis, enfants, épouse belle et sage ;
Errer, un livre en main, de bocage en bocage ;
Savourer, sans remords, sans crainte, sans désirs,
Une paix dont nul bien n'égale les plaisirs.
Douce mélancolie, aimable mensongère,
Des antres, des forêts déesse tutélaire,
Qui vient d'une insensible et charmante langueur
Saisir l'ami des champs et pénétrer son cœur,
Quand, sorti vers le soir des grottes reculées,
Il s'égare à pas lents au penchant des vallées,
Et voit des derniers feux le ciel se colorer,
Et sur les monts lointains un beau jour expirer.
Dans sa volupté sage, et pensive, et muette,
Il s'assied, sur son sein laisse tomber sa tête.
Il regarde à ses pieds, dans le liquide azur
Du fleuve qui s'étend comme lui calme et pur,
Se peindre les coteaux, les toits et les feuillages,
Et la pourpre en festons couronnant les nuages.
Il revoit près de lui, tout à coup animés,
Ces fantômes si beaux à nos pleurs tant aimés,
Dont la troupe immortelle habite sa mémoire :
Julie, amante faible et tombée avec gloire ;

Clarisse, beauté sainte où respire le ciel,
Dont la douleur ignore et la haine et le fiel,
Qui souffre sans gémir, qui périt sans murmure ;
Clémentine adorée, âme céleste et pure,
Qui, parmi les rigueurs d'une injuste maison,
Ne perd point l'innocence en perdant la raison.
Mânes aux yeux charmants, vos images chéries
Accourent occuper ses belles rêveries ;
Ses yeux laissent tomber une larme. Avec vous
Il est dans vos foyers, il voit vos traits si doux.
A vos persécuteurs il reproche leur crime.
Il aime qui vous aime, il hait qui vous opprime.
Mais tout à coup il pense, ô mortels déplaisirs !
Que ces touchants objets de pleurs et de soupirs
Ne sont peut-être, hélas ! que d'aimables chimères,
De l'âme et du génie enfants imaginaires.
Il se lève, il s'agite à pas tumultueux ;
En projets enchanteurs il égare ses vœux.
Il ira, le cœur plein d'une image divine,
Chercher si quelques lieux ont une Clémentine,
Et dans quelque désert, loin des regards jaloux,
La servir, l'adorer et vivre à ses genoux.

XII

Souvent le malheureux songe à quitter la vie,
L'espérance crédule à vivre le convie.
Le soldat sous la tente espère, avec la paix,
Le repos, les chansons, les danses, les banquets.
Gémissant sur le soc, le laboureur d'avance
Voit ses guérets chargés d'une heureuse abondance.
Moi, l'espérance amie est bien loin de mon cœur.

Tout se couvre à mes yeux d'un voile de langueur ;
Des jours amers, des nuits plus amères encore,
Chaque instant est trempé du fiel qui me dévore ;
Et je trouve partout mon âme et mes douleurs.
Le nom de Lycoris, et la honte et les pleurs.
Ingrate Lycoris, à feindre accoutumée,
Avez-vous pu trahir qui vous a tant aimée ?
Avez-vous pu trouver un passe-temps si doux
A déchirer un cœur qui n'adorait que vous ?
Amis, pardonnez-lui ; que jamais vos injures
N'osent lui reprocher ma mort et ses parjures ;
Je ne veux point pour moi que son cœur soit blessé,
Ni que pour l'outrager mon nom soit prononcé.
Ces amis m'étaient chers ; ils aimaient ma présence.
Je ne veux qu'être seul, je les fuis, les offense,
Ou bien, en me voyant, chacun avec effroi
Balance à me connaître et doute si c'est moi.

Est-ce là cet ami, compagnon de leur joie,
A de jeunes désirs comme eux toujours en proie,
Jeune amant des festins, des vers, de la beauté ?
Ce front pâle et mourant, d'ennuis inquiété,
Est celui d'un vieillard appesanti par l'âge,
Et qui déjà d'un pied touche au fatal rivage.
Sans doute, Lycoris. oui, j'ai fini mon sort
Quand tu ne m'aimes plus et souhaites ma mort.
Amis, oui, j'ai vécu ; ma course est terminée.
Chaque heure m'est un jour, chaque jour une année ;
Les amants malheureux vieillissent en un jour.
Ah ! n'éprouvez jamais les douleurs de l'amour :
Elles hâtent encor nos fuseaux si rapides,
Et, non moins que le Temps, la Tristesse a des rides.

Quoi, Gallus ! quoi ! le sort, si près de ton berceau,
Ouvre à tes jeunes pas ce rapide tombeau ?
Hélas ! mais quand j'aurai subi ma destinée,
Du Léthé bienfaisant la rive fortunée
Me prépare un asile et des ombrages verts :
Là, les danses, les jeux, les suaves concerts,
Et la fraîche naïade, en ses grottes de mousse,
S'écoulant sur des fleurs, mélancolique et douce.
Là, jamais la beauté ne pleure ses attraits :
Elle aime, elle est constante, elle ne ment jamais ;
Là tout choix est heureux, toute ardeur mutuelle,
Et tout plaisir durable, et tout serment fidèle,
Que dis-je ? on aime alors sans trouble ; et les amants,
Ignorant le parjure, ignorent les serments.

Venez me consoler, aimables héroïnes.
O Léthé ! fais-moi voir leurs retraites divines ;
Viens me verser la paix et l'oubli de mes maux.
Ensevelis au fond de tes dormantes eaux
Le nom de Lycoris, ma douleur, mes outrages.
Un jour peut-être aussi, sous tes riants bocages,
Lycoris, quand ses yeux ne verront plus le jour,
Reviendra tout en pleurs demander mon amour ;
Me dire que le Styx me la rend plus sincère,
Qu'à moi seul désormais elle aura soin de plaire ;
Que cent fois, rappelant notre antique lien,
Elle a vu que son cœur avait besoin du mien.
Lycoris à mes yeux ne sera plus charmante :
Pourtant... O Lycoris ! ô trop funeste amante !
Si tu l'avais voulu, Gallus, plein de sa foi,
Avec toi voulait vivre et mourir avec toi.

XIII

O jours de mon printemps, jours couronnés de rose,
A votre fuite en vain un long regret s'oppose.
Beaux jours, quoique souvent obscurcis de mes pleurs
Vous dont j'ai su jouir même au sein des douleurs
Sur ma tête bientôt vos fleurs seront fanées.
Hélas ! bientôt le flux des rapides années
Vous aura loin de moi fait voler sans retour.
Oh ! si du moins alors je pouvais à mon tour,
Champêtre possesseur, dans mon humble chaumière
Offrir à mes amis une ombre hospitalière ;
Voir mes lares charmés, pour les bien recevoir,
A de joyeux banquets la nuit les fait asseoir ;
Et là nous souvenir, au milieu de nos fêtes,
Combien chez eux longtemps, dans leurs belles retraites
Soit sur ces bords heureux, opulents avec choix,
Où Montigny s'enfonce en ses antiques bois,
Soit où la Marne lente, en un long cercle d'îles,
Ombrages de bosquets l'herbe et les prés fertiles,
J'ai su, pauvre et content, savourer à longs traits
Les Muses, les plaisirs, et l'étude et la paix.
Qui ne sait être pauvre est né pour l'esclavage.
Qu'il serve donc les grands, les flatte, les ménage ;
Qu'il plie, en approchant de ces superbes fronts,
Sa tête à la prière, et son âme aux affronts,
Pour qu'il puisse, enrichi de ces affronts utiles,
Enrichir à son tour quelques têtes serviles.
De ses honteux trésors je ne suis point jaloux.
Une pauvreté libre est un trésor si doux !
Il est si doux, si beau, de s'être fait soi-même,

8

De devoir tout à soi, tout aux beaux-arts qu'on aime ;
Vraie abeille en ses dons, en ses soins, en ses mœurs
D'avoir su se bâtir, des dépouilles des fleurs,
Sa cellule de cire, industrieux asile
Où l'on coule une vie innocente et facile ;
De ne point vendre aux grands ses hymnes avilis ;
De n'offrir qu'aux talents de vertus ennoblis,
Et qu'à l'amitié douce et qu'aux douces faiblesses,
D'un encens libre et pur les honnêtes caresses !
Ainsi l'on dort tranquille ; et, dans son saint loisir,
Devant son propre cœur on n'a point à rougir.
Si le sort ennemi m'assiège et me désole,
On pleure ; mais bientôt la tristesse s'envole ;
Et les arts, dans un cœur de leur amour rempli,
Versent de tous les maux l'indifférent oubli.
Les délices des arts ont nourri mon enfance.
Tantôt, quand d'un ruisseau, suivi dès sa naissance
La Nymphe aux pieds d'argent a sous de longs berceaux
Fait serpenter ensemble et mes pas et ses eaux,
Ma main donne au papier, sans travail, sans étude,
Des vers fils de l'amour et de la solitude.
Tantôt de mon pinceau les timides essais
Avec d'autres couleurs cherchent d'autres succès.
Ma toile avec Sapho s'attendrit et soupire ;
Elle rit et s'égaye aux danses du Satyre ;
Ou l'aveugle Ossian y vient pleurer ses yeux,
Et pense voir et voit ses antiques aïeux
Qui, dans l'air appelés à ses hymnes sauvages,
Arrêtent près de lui leurs palais de nuages.
Beaux arts, ô de la vie aimables enchanteurs,
Des plus sombres ennuis riants consolateurs,
Amis sûrs dans la peine et constantes maîtresses,

Dont l'or n'achète point l'amour ni les caresses ;
Beaux arts, Dieux bienfaisants, vous que vos favoris,
Par un indigne usage ont tant de fois flétris,
Je n'ai point partagé leur honte trop commune.
Sur le front des époux de l'aveugle Fortune
Je n'ai point fait ramper vos lauriers trop jaloux.
J'ai respecté les dons que j'ai reçus de vous.
Je ne vais point, à prix de mensonges serviles,
Vous marchander au loin des récompenses viles ;
Et partout, de mes vers ambitieux lecteur,
Faire trouver charmant mon luth adulateur.
Abel, mon jeune Abel, et Trudaine et son frère,
Ces vieilles amitiés de l'enfance première,
Quand tous quatre, muets, sous un maître inhumain
Jadis au châtiment nous présentions la main ;
Et mon frère et Lebrun, les Muses elles-mêmes ;
De Pange, fugitif de ces neuf Sœurs qu'il aime ;
Voilà le cercle entier qui, le soir quelquefois,
A des vers, non sans peine obtenus de ma voix,
Prête une oreille amie et cependant sévère.
Puissé-je ainsi toujours dans cette troupe chère
Me revoir, chaque fois que mes avides yeux
Auront porté longtemps mes pas de lieux en lieux,
Amant des nouveautés compagnes de voyage ;
Courant partout, partout cherchant à mon passage
Quelque ange aux yeux divins qui veuille me charmer,
Qui m'écoute ou qui m'aime, ou qui se laisse aimer.

XIV

Reste, reste avec nous, ô père des bons vins !
Dieu propice, ô Bacchus ! toi, dont les flots divins

Versent le doux oubli de ces maux qu'on adore ;
Toi, devant qui l'amour s'enfuit et s'évapore,
Comme de ce cristal aux mobiles éclairs
Tes esprits odorants s'exhalent dans les airs.

Eh bien ! mes pas ont-ils refusé de vous suivre ?
Nous venons, disiez-vous, te conseiller de vivre.
Au lieu d'aller gémir, mendier des dédains,
Suis-nous, si tu le peux. La joie à nos festins
T'appelle. Viens, les fleurs ont couronné la table,
Viens, viens y consoler ton âme inconsolable.

Vous voyez, mes amis, si de ce noble soin
Mon cœur tranquille et libre avait aucun besoin.
Camille dans mon cœur ne trouve plus des armes
Et je l'entends nommer sans trouble, sans alarmes ;
Ma pensée est loin d'elle, et je n'en parle plus ;
Je crois la voir muette et le regard confus,
Pleurante. Sa beauté présomptueuse et vaine
Lui disait qu'un captif, une fois dans sa chaîne,
Ne pouvait songer... Mais, que nous font ses ennuis ?
Jeune homme, apporte-nous d'autres fleurs et des fruits.
Qu'est-ce, amis ? nos éclats, nos jeux se ralentissent ?
Que des verres plus grands dans nos mains se remplissent !
Pourquoi vois-je languir ces vins abandonnés,
Sous le liège tenace encore emprisonnés ?
Voyons si ce premier, fils de l'Andalousie,
Vaudra ceux dont Madère a formé l'ambroisie,
Ou ceux dont la Garonne enrichit ses coteaux,
Ou la vigne foulée aux pressoirs de Citeaux.
Non, rien n'est plus heureux que le mortel tranquille
Qui, cher à ses amis, à l'amour indocile,

Parmi les entretiens, les jeux et les banquets,
Laisse couler la vie et n'y pense jamais.
Ah ! qu'un front et qu'une âme à la tristesse en proie
Feignent malaisément et le rire et la joie !
Je ne sais, mais partout je l'entends, je la voi ;
Son fantôme attrayant est partout devant moi ;
Son nom, sa voix absente errent dans mon oreille.
Peut-être aux feux du vin que l'amour se réveille
Sous les bosquets de Chypre, à Vénus consacrés,
Bacchus mûrit l'azur de ses pampres dorés.
J'ai peur que, pour tromper ma haine et ma vengeance,
Tous ces Dieux malfaisants ne soient d'intelligence.
Du moins il m'en souvient, quand autrefois auprès
De cette ingrate aimée, en nos festins secrets,
Je portais à la hâte à ma bouche ravie
La coupe demi-pleine à ses lèvres saisie,
Ce nectar, de l'amour ministre insidieux,
Bien loin de les éteindre, aiguillonnait mes feux.
Ma main courait saisir, de transports chatouillée,
Sa tête noblement folâtre, échevelée,
Elle riait ; et moi, malgré ses bras jaloux,
J'arrivais à sa bouche, à ses baisers si doux.
J'avais soin de reprendre, utile stratagème !
Les fleurs que sur son sein j'avais mises moi-même ;
Et sur ce sein, mes doigts égarés, palpitants,
Les cherchaient, les suivaient, et les ôtaient longtemps.

*_**

Fumant dans le cristal que Bacchus à longs flots
Partout aille à la ronde éveiller les bons mots.
Reine de mes banquets, que Lycoris y vienne,

Que des fleurs de sa tête elle pare la mienne ;
Pour enivrer mes sens que le feu de ses yeux
S'unisse à la vapeur des vins délicieux.
Amis, que le bonheur soit notre unique étude.
Nous en perdrons si tôt la charmante habitude !
Hâtons-nous. L'heure fuit. Hâtons-nous de saisir
L'instant, le seul instant donné pour le plaisir.
Un jour, tel est du sort l'arrêt inexorable.
Vénus, qui pour les Dieux fit le bonheur durable,
A nos cheveux blanchis refusera des fleurs,
Et le printemps pour nous n'aura plus de couleurs.
Qu'un sein voluptueux, des lèvres demi-closes,
Respirent près de nous leur haleine de roses ;
Que Phryné sans réserve abandonne à nos yeux
De ses charmes secrets les contours gracieux.

Quand l'âge aura sur nous mis sa main flétrissante,
Que pourra la beauté, quoique toute-puissante ?
Vainement exposée à nos regards confus.
Nos cœurs en la voyant ne palpiteront plus.

Il faudra bien qu'armés de la philosophie,
Oubliant le plaisir alors qu'il nous oublie,
La science nous offre un utile secours
Qui dispute à l'ennui le reste de nos jours.
C'est alors qu'exilé dans mon champêtre asile,
De l'antique sagesse admirateur tranquille,
Du mobile univers interrogeant la voix,
J'irai de la nature étudier les lois :
Par quelle main sur soi la terre suspendue
Voit mugir autour d'elle Amphitrite étendue ;
Quel Titan foudroyé respire avec effort

Des cavernes d'Etna la ruine et la mort ;
Quel bras guide les cieux ; à quel ordre enchaînée
Le soleil bienfaisant nous ramène l'année ;
Quel signe aux ports lointains arrête l'étranger :
Quel autre sur la mer conduit le passager,
Quand sa patrie absente et longtemps appelée
Lui fait tenter l'Euripe et les flots de Malée ;
Et quel, de l'abondance heureux avant-coureur,
Arme d'un aiguillon la main du laboureur.
Cependant jouissons ; l'âge nous y convie.
Avant de la quitter, il faut user la vie :
Le moment d'être sage est voisin du tombeau.

Allons, jeune homme, allons, marche ; prends ce flam-
                                             [beau,
Marche, allons. Mène-moi chez ma belle maîtresse.
J'ai pour elle aujourd'hui mille fois plus d'ivresse,
Je veux que des baisers plus doux, plus dévorants,
N'aient jamais vers le ciel tourné ses yeux mourants.

                    XV

. . . .
S'ils n'ont point le bonheur, en est-il sur la terre ?
Quel mortel inhabile à la félicité
Regrettera jamais sa triste liberté,
Si jamais des amants il a connu les chaînes ?
Leurs plaisirs sont bien doux, et douces sont leurs pei-
                                             [nes.
S'ils n'ont point ces trésors que l'on nomme des biens,
Ils ont les soins touchants, les secrets entretiens

Des regards, des soupirs la voix tendre et divine,
Et des mots caressants la mollesse enfantine,
Auprès d'eux tout est beau, tout pour eux s'attendrit.
Le ciel rit à la terre, et la terre fleurit.
Aréthuse serpente et plus pure et plus belle ;
Une douleur plus tendre anime Philomèle,
Flore embaume les airs ; ils n'ont que de beaux cieux.
Aux plus arides bords Tempé rit à leurs yeux.
A leurs yeux tout est pur comme leur âme est pure.
Leur asile est plus beau que toute la nature.
La grotte, favorable à leurs embrassements,
D'âge en âge est un temple honoré des amants.
O rives du Pénée ! antres, vallons, prairies,
Lieux qu'Amour a peuplés d'antiques rêveries ;
Vous, bosquets d'Anio ; vous, ombrages fleuris,
Dont l'épaisseur fut chère aux nymphes du Liris ;
Toi surtout, ô Vaucluse ! ô retraite charmante !
Oh ! que j'aille y languir aux bras de mon amante,
De baisers, de rameaux, de guirlandes lié,
Oubliant tout le monde et du monde oublié !
Ah ! que ceux qui, plaignant l'amoureuse souffrance,
N'ont connu qu'une oisive et morne indifférence,
En bonheur, en plaisir pensent m'avoir vaincu :
Ils n'ont fait qu'exister, l'amant seul a vécu.

XVI

Souffre un moment encor ; tout n'est que changement.
L'axe tourne, mon cœur ; souffre encore un moment.
La vie est-elle toute aux ennuis condamnée ?
L'hiver ne glace point tous les mois de l'année.
L'Eurus retient souvent ses bonds impétueux ;

Le fleuve, emprisonné dans des rocs tortueux,
Lutte, s'échappe, et va, par des pentes fleuries,
S'étendre mollement sur l'herbe des prairies.
C'est ainsi que, d'écueils et de vagues pressé,
Pour mieux goûter le calme il faut avoir passé,
Des pénibles détroits d'une vie orageuse,
Dans une vie enfin plus douce et plus heureuse.
La Fortune arrivant à pas inattendus
Frappe, et jette en vos mains mille dons imprévus :
On le dit. Sur mon seuil jamais cette volage
N'a mis le pied. Mais quoi ! son opulent passage,
Moi qui l'attends plongé dans un profond sommeil,
Viendra, sans que j'y pense, enrichir mon réveil.

Toi qu'aidé de l'amant plus sûr que les étoiles,
Le nocher sur la mer poursuit à pleines voiles,
Qui sais de ton palais, d'esclaves abondant,
De diamant, d'azur, d'émeraudes ardent,
Aux gouffres du Potose, aux antres de Golconde,
Tenir les rênes d'or qui gouvernent le monde,
Brillante déité ! tes riches favoris
Te fatiguent sans cesse et de vœux et de cris :
Peu satisfait le pauvre. O belle souveraine !
Peu ; seulement assez pour que, libre de chaîne,
Sur les bords où, malgré ses rides, ses revers,
Belle encor l'Italie attire l'univers,
Je puisse au sein des arts vivre et mourir tranquille !
C'est là que mes désirs m'ont promis un asile ;
C'est là qu'un plus beau ciel peut-être dans mes flancs
Éteindra les douleurs et les sables brûlants.
Là j'irai t'oublier, rire de ton absence ;
Là, dans un air plus pur respirer, en silence

Et nonchalant du terme où finiront mes jours,
La santé, le repos, les arts et les amours.

XVII

Non, je ne l'aime plus ; un autre la possède.
On s'accoutume au mal que l'on voit sans remède.
De ses caprices vains je ne veux plus souffrir :
Mon élégie en pleurs ne sait plus l'attendrir.
Allez, Muses, partez. Votre art m'est inutile ;
Que me font vos lauriers ? vous laissez fuir Camille.
Près d'elle je voulais vous avoir pour soutien.
Allez, Muses, partez, si vous n'y pouvez rien.

Voilà donc comme on aime ! On vous tient, vous caresse,
Sur les lèvres toujours on a quelque promesse :
Et puis... Ah ! laissez-moi, souvenirs ennemis,
Projets, attente, espoir, qu'elle m'avait permis.
— Nous irons au hameau. Loin, bien loin de la ville
Ignorés et contents, un silence tranquille
Ne montrera qu'au ciel notre asile écarté.
Là son âme viendra m'aimer en liberté.
Fuyant d'un luxe vain l'entrave impérieuse,
Sans suite, sans témoins, seule et mystérieuse,
Jamais d'un œil mortel un regard indiscret
N'osera la connaître et savoir son secret.
Seul je vivrai pour elle, et mon âme empressée
Épiera ses désirs, ses besoins, sa pensée.
C'est moi qui ferai tout ; moi qui de ses cheveux
Sur sa tête le soir assemblerai les nœuds.
Par moi de ses atours à loisir dépouillée,
Chaque jour par mes mains la plume amoncelée

La recevra charmante ; et mon heureux amour
Détruira chaque nuit cet ouvrage du jour,
Sa table par mes mains sera prête et choisie ;
L'eau pure, de ma main, lui sera l'ambroisie.
Seul, c'est moi qui serai partout, à tout moment,
Son esclave fidèle et son fidèle amant. —
Tels étaient mes projets qu'insensés et volages
Le vent a dissipés parmi de vains nuages !

Ah ! quand d'un long espoir on flatta ses désirs.
On n'y renonce point sans peine et. sans soupirs.
Que de fois je t'ai dit : « Garde d'être inconstante ;
Le monde entier déteste une parjure amante.
Fais-moi plutôt gémir sous des glaives sanglants,
Avec le feu plutôt déchire-moi les flancs. »
O honte ! A deux genoux, j'exprimais ces alarmes ;
J'allais couvrant tes pieds de baisers et de larmes
Tu me priais alors de cesser de pleurer :
En foule tes serments venaient me rassurer.
Mes craintes t'offensaient ; tu n'étais pas de celles
Qui font jeu de courir à des flammes nouvelles :
Miel sceptres offerts pour ébranler ta foi,
Eût-ce été rien au prix du bonheur d'être à moi ?
Avec de tels discours, ah ! tu m'aurais fait croire
Aux clartés du soleil dans la nuit la plus noire.
Tu pleurais même ; et moi, lent à me défier,
J'allais avec le lin dans tes yeux essuyer
Ces larmes lentement et malgré toi séchées ;
Et je baisais ce lin qui les avait touchées.
Bien plus, pauvre insensé ! j'en rougis. Mille fois
T a louange a monté ma lyre avec ma voix.
Je voudrais que Vulcain, et l'onde où tout s'oublie,

Eût consumé ces vers témoins de ma folie.
La même lyre encor pourrait bien me venger,
Perfide ! Mais, non, non, il faut n'y plus songer.
Quoi ! toujours un soupir vers elle me ramène !
Allons. Haïssons-la, puisqu'elle veut ma haine.
Oui, je la hais. Je jure... Eh ! serments superflus !
N'ai-je pas dit assez que je ne l'aimais plus ?

XVIII

Et c'est Glycère, amis, chez qui la table est prête ?
Et la belle Sarame est aussi de la fête ?
Et Rose, qui jamais ne lasse les désirs,
Et dont la danse molle aiguillonne aux plaisirs ?
Et sa sœur aux accents de la voix la plus rare
Mêlera, dites-vous, les sons de la guitare ?
Et nous aurons Julie, au rire étincelant,
Au sein plus que l'albâtre et solide et brillant ?
Certe, en pareille fête autrefois je l'ai vue,
Ses longs cheveux épars, courante, demi-nue :
En ses bruyantes nuits Cithéron n'a jamais
Vu Ménade plus belle errer dans ses forêts.
J'y consens. Avec vous je suis prêt à m'y rendre.
Allons. Mais si Camille, ô Dieux ! vient à l'apprendre ?
Quel orage suivra ce banquet tant vanté,
S'il faut qu'à son oreille un mot en soit porté !
Oh ! vous ne savez pas jusqu'où va son empire.
Si j'ai loué des yeux, une bouche, un sourire ;
Ou si, près d'une belle assis en un repas,
Nos lèvres en riant ont murmuré tout bas,
Elle a tout vu. Bientôt, cris, reproches, injure.
Un mot, un geste, un rien, tout était un parjure.

« Chacun pour cette belle avait vu mes égards.
Je lui parlais des yeux, je cherchais ses regards. »
Et, puis des pleurs ! des pleurs... que Memnon sur sa
                                                [cendre
A sa mère immortelle en a moins fait répandre.
Que dis-je ? sa vengeance ose en venir aux coups.
Elle me frappe. Et moi, je feins, dans mon courroux,
De la frapper aussi, mais d'une main légère ;
Et je baise sa main impuissante et colère :
Car ses bras ne sont forts qu'aux amoureux exploits
La fureur ne peut même aigrir sa douce voix.
Ah ! je l'aime bien mieux injuste qu'indolente.
Sa colère me plaît et décèle une amante.
Si j'ai peur de la perdre, elle tremble à son tour ;
Et la crainte inquiète est fille de l'amour.
L'assurance tranquille est d'un cœur insensible...
Loin ! à mes ennemis une amante paisible ;
Moi, je hais le repos. Quel que soit mon effroi
De voir de si beaux yeux irrités contre moi,
Je me plais à nourrir de communes alarmes.
Je veux pleurer moi-même, ou voir couler ses larmes;
Accuser un outrage, ou calmer un soupçon ;
Et toujours pardonner ou demander pardon.

Mais quels éclats, amis ? C'est la voix de Julie :
Entrons. O quelle nuit ! joie, ivresse, folie !
Que de seins envahis et mollement pressés !
Malgré de vains efforts que d'appas caressés !
Que de charmes divins forcés dans leur retraite !
Il faut que de la Seine, au cri de notre fête,
Le flot résonne au loin, de nos jeux égayé,
Et qu'en son lit voisin le marchand éveillé,

Écoutant nos plaisirs d'une oreille jalouse,
Redouble ses baisers à sa trop jeune épouse.

XIX

A LE BRUN

Mânes de Callimaque, ombre de Philétas,
Dans vos saintes forêts daignez guider mes pas.
J'ose, nouveau pontife, aux antres du Permesse,
Mêler des chants français dans les chœurs de la Grèce.
Dites en quel vallon vos écrits médités
Soumirent à vos vœux les plus rares beautés.
Qu'aisément à ce prix un jeune cœur s'embrase !
Je n'ai point pour la gloire inquiété Pégase.
L'obscurité tranquille est plus chère à mes yeux
Que de ses favoris l'éclat laborieux.
Peut-être, n'écoutant qu'une jeune manie,
J'eusse aux rayons d'Homère allumé mon génie ;
Et d'un essor nouveau jusqu'à lui m'élevant,
Volé de bouche en bouche heureux et triomphant.
Mais la tendre Élégie et sa grâce touchante
M'ont séduit : l'Élégie à la voix gémissante,
Au ris mêlé de pleurs, aux longs cheveux épars ;
Belle, levant au ciel ses humides regards,
Sur un axe brillant c'est moi qui la promène
Parmi tous ces palais dont s'enrichit la Seine ;
Le peuple des Amours y marche auprès de nous ;
La lyre est dans leurs mains. Cortège aimable et doux,
Qu'aux fêtes de la Grèce enleva l'Italie !
Et ma fière Camille est la sœur de Délie.

L'Élégie, ô Le Brun ! renaît dans nos chansons
Et les Muses pour elle ont amolli nos sons.
Avant que leur projet, qui fut bientôt le nôtre,
Pour devenir amis nous offrit l'un à l'autre,
Elle avait ton amour comme elle avait le mien ;
Elle allait de ta lyre implorer le soutien.
Pour montrer dans Paris sa langueur séduisante,
Elle implorait aussi ma lyre complaisante.
Femme, et pleine d'attraits, et fille de Vénus,
Elle avait deux amants l'un à l'autre inconnus.
J'ai vu qu'à ses faveurs ta part est la plus belle ;
Et pourtant je me plais à lui rester fidèle,
A voir mon vers au rire, aux pleurs abandonné,
De rose ou de cyprès par elle couronné.
Par la lyre attendris, les rochers du Riphée,
Se pressaient, nous dit-on, sur les traces d'Orphée.
Des murs fils de la lyre ont gardé les Thébains ;
Arion à la lyre a dû de longs destins.
Je lui dois des plaisirs : j'ai vu plus d'une belle,
A mes accents émue, accuser l'infidèle,
Qui me faisait pleurer et dont j'étais trahi ;
Et souhaiter l'amour de qui le sent ainsi.
Mais, Dieux! que de plaisir quand, muette, immobile,
Mes chants font soupirer ma naïve Camille ;
Quand mon vers, tour à tour humble, doux, outrageant,
Éveille sur sa bouche un sourire indulgent ;
Quand ma voix altérée enflammant son visage,
Son baiser vole et vient l'arrêter au passage !
Oh ! je ne quitte plus ces bosquets enchanteurs
Où rêva mon Tibulle aux soupirs séducteurs ;
Où le feuillage encor dit Corinne charmante ;
Où Cynthie est écrite en l'écorce odorante ;

Où les sentiers français ne me conduisaient pas ;
Où mes pas de Le Brun ont rencontré les pas.

Ainsi, que mes écrits, enfants de ma jeunesse,
Soient un code d'amour, de plaisir, de tendresse ;
Que partout de Vénus ils dispersent les traits ;
Que ma voix, que mon âme y vivent à jamais ;
Qu'une jeune beauté, sur la plume et la soie,
Attendant le mortel qui fait toute sa joie,
S'amuse à mes chansons, y médite à loisir
Les baisers dont bientôt elle veut l'accueillir
Qu'à bien aimer tous deux mes chansons les excitent ;
Qu'ils s'adressent mes vers, qu'ensemble ils les récitent ;
Lassés de leurs plaisirs, qu'aux feux de mes pinceaux
Ils s'animent encore à des plaisirs nouveaux ;
Qu'au matin sur sa couche, à me lire empressée,
Lise du cloître austère éloigne sa pensée ;
Chaque bruit qu'elle entend, que sa tremblante main
Me glisse dans ses draps et tout près de son sein ;
Qu'un jeune homme, agité d'une flamme inconnue,
S'écrie aux doux tableaux de ma muse ingénue :
« Ce poète amoureux, qui me connaît si bien,
Quand il a peint son cœur, avait lu dans le mien. »

XX

De Pange, le mortel dont l'âme est innocente,
Dont la vie est paisible et de crimes exempte,
N'a pas besoin du fer qui veille autour des rois,
Des flèches dont le Scythe a rempli son carquois
Ni du plomb que l'airain vomit avec la flamme.
Incapable de nuire, il ne voit dans son âme

Nulle raison de crainte, et loin de s'alarmer,
Confiant, il se livre aux délices d'aimer.
O de Pange ! ami sage, est bien fou qui s'ennuie,
Si les destins deux fois nous permettaient la vie,
L'une pour les travaux et les soins vigilants,
L'autre pour les amours, les plaisirs nonchalants,
On irait d'une vie âpre et laborieuse
Vers l'autre vie au moins pure et voluptueuse.
Mais si nous ne vivons, ne mourons qu'une fois.
Eh ! pourquoi, malheureux, sous de bizarres lois,
Tourmenter cette vie et la perdre sans cesse,
Haletants vers le gain, les honneurs, la richesse ;
Oubliant que le sort, immuable en son cours,
Nous fit des jours mortels, et combien peu de jours ?
Sans les dons de Vénus, quelle serait la vie ?
Dès l'instant où Vénus me doit être ravie,
Que je meure. Sans elle ici-bas rien n'est doux.

. . . .
. . . .

Humains, nous ressemblons aux feuilles d'un ombrage
Dont au faîte des cieux le soleil remonté
Rafraîchit dans nos bois les chaleurs de l'été.
Mais l'hiver, accourant d'un vol sombre et rapide,
Nous sèche, nous flétrit, et son souffle homicide
Secoue et fait voler, dispersés dans les vents,
Tout ces feuillages morts qui font place aux vivants.
La Parque, sur nos pas, fait courir devant elle
Midi, le soir, la nuit, et la nuit éternelle ;
Et par grâce, à nos yeux qu'attend le long sommeil,
Laisse voir au matin un regard du soleil.
Quand cette heure s'enfuit de nos regrets suivie,
La mort est désirable, et vaut mieux que la vie.

9

O jeunesse rapide ! ô songe d'un moment !
Puis l'infirme vieillesse, arrivant tristement,
Presse d'un malheureux la tête chancelante,
Courbe sur un bâton sa démarche tremblante,
Lui couvre d'un nuage et les yeux et l'esprit,
Et de soucis cuisants l'enveloppe et l'aigrit :
C'est son bien dissipé, c'est son fils, c'est sa femme,
Ou les douleurs du corps, si pesantes à l'âme ;
Ou mille autres ennuis. Car, hélas ! nul mortel
Ne vit exempt de maux sous la voûte du ciel.
Oh ! quel présent funeste eut l'époux de l'Aurore,
De vieillir chaque jour, et de vieillir encore,
Sans espoir d'échapper à l'immortalité !
Jeune, son front plaisait. Mais quoi ! toute beauté
Se flétrit sous les doigts de l'aride vieillesse.
Sur le front du vieillard habite la tristesse ;
Il se tourmente, il pleure, il veut que vous pleuriez ;
Ses yeux par un beau jour ne sont plus égayés.
L'ombre épaisse et touffue, et les prés et Zéphyre
Ne lui disent plus rien, ne le font plus sourire.
La troupe des enfants, en l'écoutant venir,
Le fuit comme ennemi de leur jeune plaisir ;
Et s'il aime, en tous lieux sa faiblesse exposée
Sert aux jeunes beautés de fable et de risée.

XXI

A LE BRUN

Qu'un autre soit jaloux d'illustrer sa mémoire ;
Moi, j'ai besoin d'aimer ; qu'ai-je besoin de gloire,

S'il faut, pour obtenir ses regards complaisants,
A l'ennui de l'étude immoler mes beaux ans ;
S'il faut, toujours errant, sans lien, sans maîtresse,
Étouffer dans mon cœur la voix de la jeunesse,
Et sur un lit oisif, consumé de langueur,
D'une nuit solitaire accuser la longueur ?
Aux sommets où Phébus a choisi sa retraite,
Enfant, je n'allai point me réveiller poète ;
Mon cœur, loin du Permesse, a connu dans un jour
Les feux de Calliope et les feux de l'amour.
L'amour seul dans mon âme a créé le génie ;
L'amour est seul arbitre et seul dieu de ma vie ;
En faveur de l'amour quelquefois Apollon
Jusqu'à moi volera de son double vallon.
Mais que tous deux alors ils donnent à ma bouche
Cette voix qui séduit, qui pénètre, qui touche ;
Cette voix qui dispose à ne refuser rien,
Cette voix des amants le plus tendre lien.
Puisse un coup d'œil flatteur, provoquant mon hom-
                                        [mage,
A ma langue incertaine inspirer du courage !
Sans dédain, sans courroux, puissé-je être écouté !
Puisse un vers caressant séduire la beauté !
Et si je puis encore, amoureux de sa chaîne,
Célébrer mon bonheur ou soupirer ma peine ;
Si je puis par mes sons touchants et gracieux
Aller grossir un jour ce peuple harmonieux
De cygnes dont Vénus embellit ses rivages
Et se plaît d'égayer les eaux de ses bocages,
Sans regret, sans envie, aux vastes champs de l'air
Mes yeux verront planer l'oiseau de Jupiter.

Sans doute, heureux celui qu'une palme certaine
Attend victorieux dans l'une ou l'autre arène ;
Qui, tour à tour convive et de Gnide et des cieux,
Des bras d'une maîtresse enlevé chez les Dieux,
Ivre de volupté, s'enivre encore de gloire,
Et qui, cher à Vénus et cher à la victoire,
Ceint des lauriers du Pinde et des fleurs de Paphos,
Soupire l'élégie et chante les héros.
Mais qui sut à ce point, sous un astre propice,
Vaincre du ciel jaloux l'inflexible avarice ?
Qui put voir en naissant, par un accord nouveau,
Tous les Dieux à la fois sourire à son berceau ?
Un seul a pu franchir cette double carrière :
C'est lui qui va bientôt, loin des yeux du vulgaire,
Inscrire sa mémoire aux fastes d'Hélicon,
Digne de la nature et digne de Buffon.
Fortunée Agrigente, et toi, reine orgueilleuse,
Rome, à tous les combats toujours victorieuse,
Du poids de vos grands noms nous ne gémirons plus.
Par l'ombre d'Empédocle étions-nous donc vaincus ?
Lucrèce aurait pu seul, aux flambeaux d'Epicure,
Dans ses temples secrets surprendre la nature ?
La nature aujourd'hui de ses propres crayons
Vient d'armer une main qu'éclairent ses rayons.
C'est toi qu'elle a choisi ; toi, par qui l'Hippocrène
Mêle encore son onde à l'onde de la Seine ;
Toi, par qui la Tamise et le Tibre en courroux
Lui porteront encor des hommages jaloux ;
Toi, qui la vis couler plus lente et plus facile,
Quand ta bouche animait la flûte de Sicile ;
Toi, quand l'amour trahi te fit verser des pleurs,
Qui l'entendis gémir et pleurer tes douleurs.

Malherbe tressaillit au delà du Ténare,
A te voir agiter les rênes de Pindare ;
Aux accents de Tyrtée enflammant nos guerriers,
Ta voix fit dans nos camps renaître les lauriers.
Les tyrans ont pâli, quand ta main courroucée
Écrasa leur Thémis sous les foudres d'Alcée.
D'autres tyrans encor, les méchants et les sots,
Ont fui devant Horace armé de tes bons mots ;
Et maintenant, assis dans le centre du monde,
Le front environné d'une clarté profonde,
Tu perces les remparts que t'opposent les cieux,
Et l'univers entier tourne devant tes yeux.
Les fleuves et les mers, les vents et le tonnerre,
Tout ce qui peuple l'air, et Téthys, et la terre,
A ta voix accourus, s'offrant de toutes parts,
Rend compte de soi-même, et s'ouvre à tes regards.
De l'erreur vainement les antiques prestiges
Voudraient de la nature étouffer les vestiges ;
Ta main les suit partout, et sur le diamant
Ils vivront, de ta gloire éternel monument.
Mais toi-même, Le Brun, que l'amour d'Uranie
Guide à tous les sentiers d'où la mort est bannie ;
Qui, roi sur l'Hélicon, de tous les conquérants
Réunis dans sa main les sceptres différents ;
Toi-même, quel succès, dis-moi, quelle victoire
Chatouille mieux ton cœur du plaisir de la gloire ?
Est-ce lorsque Buffon et sa savante cour
Admirent tes regards qui fixent l'œil du jour ?
Qu'aux rayons dont l'éclat ceint ta tête brillante
Ils suivent dans les airs ta route étincelante,
Animent de leurs cris ton vol audacieux,
Et d'un œil étonné te perdent dans les cieux ?

Ou lorsque, de l'amour interprète fidèle,
Ta naïve Érato fait sourire une belle ;
Que son âme se peint dans ses regards touchants,
Et vole sur sa bouche au-devant de tes chants ;
Qu'elle interrompt ta voix, et d'une voix timide
S'informe de Fanny, d'Églé, d'Adelaïde ;
Et, vantant les honneurs qui suivent tes chansons,
Leur envie un amant qui fait vivre leurs noms ?

XXII

Allons, l'heure est venue, allons trouver Camille.
Elle me suit partout. Je dormais, seul, tranquille ;
Un songe me l'amène ; et mon sommeil s'enfuit.
Je le voyais en songe au milieu de la nuit ;
Elle allait me cherchant sur sa couche fidèle,
Et me tendait le bras et m'appelait près d'elle.
Les songes ne sont point capricieux et vains ;
Ils ne vont point tromper les esprits des humains.
De l'Olympe souvent un songe est la réponse.
Dans tous ceux des amants la vérité s'annonce.
Quel air suave et frais ! le beau ciel ! le beau jour !
Les Dieux me le gardaient ; il est fait pour l'amour.

Quel charme de trouver la beauté paresseuse,
De venir visiter sa couche matineuse,
De venir la surprendre au moment que ses yeux
S'efforcent de s'ouvrir à la clarté des cieux ;
Douce dans son éclat, et fraîche et reposée,
Semblable aux autres fleurs, filles de la rosée.
Oh ! quand j'arriverai, si, livrée au repos,
Ses yeux n'ont point encor secoué les pavots,

Oh ! je me glisserai vers la plume indolente,
Doucement, pas à pas, et ma main caressante
Et mes fougueux transports feront à son sommeil
Succéder un subit, mais un charmant réveil ;
Elle reconnaîtra le mortel qui l'adore,
Et mes baisers longtemps empêcheront encore
Sur ses yeux, sur sa bouche, empressés de courir,
Sa bouche de se plaindre et ses yeux de s'ouvrir.

XXIII

AUX DEUX FRÈRES TRUDAINE

LOUIS TRUDAINE DE MONTIGNY ET MICHEL TRUDAINE
DE LA SABLIÈRE

Amis, couple chéri, cœurs formés pour le mien,
Je suis libre. Camille à mes yeux n'est plus rien.
L'éclat de ses yeux noirs n'éblouit plus ma vue ;
Mais cette liberté sera bientôt perdue.
Je me connais. Toujours je suis libre et je sers ;
Etre libre pour moi n'est que changer de fers.
Autant que l'univers a de beautés brillantes,
Autant il a d'objets de mes flammes errantes.
Mes amis, sais-je voir d'un œil indifférent
Ou l'or des blonds cheveux sur l'albâtre courant,
Ou d'un flanc délicat l'élégante noblesse,
Ou d'un luxe poli la savante richesse ?
Sais-je persuader à mes rêves flatteurs
Que les yeux les plus doux peuvent être menteurs ?
Qu'une bouche où la rose, où le baiser respire,

Peut cacher un serpent à l'ombre d'un sourire ?
Que sous les beaux contours d'un sein délicieux.
Peut habiter un cœur faux, parjure, odieux ?
Peu fait à soupçonner le mal qu'on dissimule,
Dupe de mes regards, à mes désirs crédule,
Elles trouvent mon cœur toujours prêt à s'ouvrir.
Toujours trahi, toujours je me laisse trahir.
Je leur crois des vertus, dès que je les vois belles.
Sourd à tous vos conseils, ô mes amis fidèles !
Relevé d'une chute, une chute m'attend ;
De Charybde à Scylla toujours vague et flottant,
Et toujours loin du bord jouet de quelque orage,
Je ne sais que périr de naufrage en naufrage.

Ah ! je voudrais n'avoir jamais reçu le jour
Dans ces vaines cités que tourmente l'amour,
Où les jeunes beautés, par une longue étude,
Font un art des serments et de l'ingratitude.
Heureux loin de ces lieux éclatants et trompeurs,
Eh ! qu'il eût mieux valu naître un de ces pasteurs
Ignorés dans le sein de leurs Alpes fertiles,
Que nos yeux ont connus fortunés et tranquilles !
Oh ! que ne suis-je enfant de ce lac enchanté
Où trois pâtres héros ont à la liberté
Rendu tous leurs neveux et l'Helvétie entière !
Faible, dormant encor sur le sein de ma mère,
Oh ! que n'ai-je entendu ces bondissantes eaux,
Ces fleuves, ces torrents, qui, de leurs froids berceaux,
Viennent du bel Hasly nourrir les doux ombrages !
Hasly ! frais Élysée ! honneur des pâturages !
Lieu qu'avec tant d'amour la nature a formé,
Où l'Aar roule un or pur en son onde semé.

Là je verrais, assis dans ma grotte profonde,
La génisse traînant sa mamelle féconde,
Prodiguant à ses fils ce trésor indulgent,
A pas lents agiter sa cloche au son d'argent,
Promener près des eaux sa tête nonchalante,
Ou de son large flanc presser l'herbe odorante.
Le soir, lorsque plus loin s'étend l'ombre des monts
Ma conque, rappelant mes troupeaux vagabonds,
Leur chanterait cet air si doux à ces campagnes ;
Cet air que d'Appenzel répètent les montagnes.
Si septembre, cédant au long mois qui le suit,
Marquait de froids zéphyrs l'approche de la nuit,
Dans ses flancs colorés une luisante argile
Garderait sous mon toit un feu lent et tranquille,
Ou, brûlant sur la cendre à la fuite du jour,
Un mélèze odorant attendrait mon retour,
Une rustique épouse et soigneuse et zélée,
Blanche (car sous l'ombrage au sein de la vallée
Les fureurs du soleil n'osent les outrager),
M'offrirait le doux miel, les fruits de mon verger,
Le lait enfant des sels de ma prairie humide,
Tantôt breuvage pur et tantôt mets solide
En un globe fondant sous ses mains épaissi,
En disque savoureux à la longue durci ;
Et cependant sa voix simple et douce et légère
Me chanterait les airs que lui chantait sa mère.
Hélas ! aux lieux amers où je suis enchaîné
Ce repos à mes jours ne fut point destiné.
J'irai : je veux jamais ne revoir ce rivage.
Je veux, accompagné de ma muse sauvage,
Revoir le Rhin tomber en des gouffres profonds,
Et le Rhône grondant sous d'immenses glaçons,

Et d'Arve aux flots impurs la nymphe injurieuse.
Je vole, je parcours la cime harmonieuse
Où souvent de leurs cieux les anges descendus,
En des nuages d'or mollement suspendus,
Emplissent l'air des sons de leur voix éthérée.
O lac, fils des torrents ! ô Thun, onde sacrée !
Salut, monts chevelus, verts et sombres remparts
Qui contenez ses flots pressés de toutes parts !
Salut, de la nature admirables caprices,
Où les bois, les cités pendent en précipices !
Je veux, je veux courir sur vos sommets touffus ;
Je veux, jouet errant de vos sentiers confus,
Foulant de vos rochers la mousse insidieuse,
Suivre de mes chevreaux la trace hasardeuse ;
Et toi, grotte escarpée et voisine des cieux,
Qui d'un ami des saints fut l'asile pieux,
Voûte obscure où s'étend et chemine en silence
L'eau qui de roc en roc bientôt fuit et s'élance.
Ah ! sous tes murs, sans doute, un cœur trop agité
Retrouvera la joie et la tranquillité !

XXIV

D'Ovide, livre II.

Oh ! puisse le ciseau qui doit trancher mes jours
Sur le sein d'une belle en arrêter le cours !
Qu'au milieu des langueurs, au milieu des délices,
Commençant de Vénus à goûter les prémices,
Mon âme, sans effort, sans douleurs, sans combats,
Se dégage et s'envole, et ne le sente pas !
Que chacun sur ma tombe, où la pierre luisante
Offrira de ma fin l'image séduisante,

L'œil humide de pleurs, dise avec un soupir :
« Ainsi puissé-je vivre, et puissé-je mourir ! »

XXV

Le courroux d'un amant n'est point inexorable.
Ah ! si tu la voyais, cette belle coupable,
Rougir et s'accuser, et se justifier,
Sans implorer sa grâce et sans s'humilier,
Pourtant de l'obtenir doucement inquiète,
Et, les cheveux épars, immobile, muette,
Les bras, la gorge nus, en un mol abandon,
Tourner sur toi des yeux qui demandent pardon,
Crois qu'abjurant soudain le reproche farouche,
Tes baisers porteraient son pardon sur sa bouche.

XXVI

Viens près d'elle au matin, quand le dieu du repos
Verse au mol oreiller de plus légers pavots,
Voir, sur sa couche encore du soleil ennemie,
Errer nonchalamment une main endormie ;
Ses yeux prêts à s'ouvrir, et sur son teint vermeil,
Se reposer encor les ailes du sommeil.

XXVII

SUR LA MORT D'UN ENFANT

L'innocente victime, au terrestre séjour,
N'a vu que le printemps qui lui donna le jour.
Rien n'est resté de lui qu'un nom, un vain nuage,
Un souvenir, un songe, une invisible image.

Adieu, fragile enfant échappé 'de nos bras ;
Adieu, dans la maison d'où l'on ne revient pas.
Nous ne te verrons plus, quand de moissons couverte
La campagne d'été rend la ville déserte,
Dans l'enclos paternel nous ne te verrons plus,
De tes pieds, de tes mains, de tes flancs demi-nus,
Presser l'herbe et les fleurs dont les nymphes de Seine
Couronnent tous les ans les coteaux de Lucienne.
L'axe de l'humble char à tes jeux destiné,
Par de fidèles mains avec toi promené,
Ne sillonnera plus les prés et le rivage.
Tes regards, ton murmure, obscur et doux langage,
N'inquiéteront plus nos soins officieux ;
Nous ne recevrons plus avec des cris joyeux
Les efforts impuissants de ta bouche vermeille
A bégayer les sons offerts à ton oreille.
Adieu, dans la demeure où nous nous suivrons tous,
Où ta mère déjà tourne ses yeux jaloux.

O quel dieu malfaisant, sous ses ailes funèbres,
Couvrit cette maison de deuil et de ténèbres ?
O de quelle inquiète et palpitante main
La sœur, mère trois fois, pressa contre son sein
De ce qui lui restait la précieuse enfance,
Quand elle vit, trompant sa douce confiance,
Celle qui sans appui ne marchait point encor,
De son lit douloureux cher et dernier trésor,
Son idole et déjà son image vivante,
De santé, d'avenir, de beauté florissante,
Pâlir et chanceler, frappée entre ses bras,
Et son front se pencher dans la nuit du trépas !...
Tel le bouton naissant.   .   .   .   .

ÉPITRES

I

A LE BRUN

Laisse gronder le Rhin et ses flots destructeurs,
Muse ; va de Le Brun gourmander les lenteurs.
Vole aux bords fortunés où les champs d'Élysée
De la ville des lis ont couronné l'entrée ;
Aux lieux où sur l'airain Louis, ressuscité,
Contemple de Henri le séjour respecté,
Et des jardins royaux l'enceinte spacieuse.
Abandonne la rive où la Seine amoureuse,
Lente, et comme à regret quittant ces bords chéris
Du vieux palais des rois baigne les murs flétris,
Et des fils de Condé les superbes portiques.
Suis ces fameux remparts et ces berceaux antiques
Où, tant qu'un beau soleil éclaire de beaux jours,
Mille chars élégants promènent les amours.
Un Paris tout nouveau sur les plaines voisines
S'étend et porte au loin, jusqu'au pied des collines
Un long et riche amas de temples, de palais,

D'ombrages où l'été ne pénètre jamais :
C'est là son Hélicon. Là, ta course fidèle
Le trouvera peut-être aux genoux d'une belle.
S'il est ainsi, respecte un moment précieux
Sinon, tu peux entrer ; tu verras dans ses yeux,
Dès qu'il aura connu que c'est moi qui t'envoie,
Sourire l'indulgence et peut-être la joie,
Souhaite-lui d'abord la paix, la liberté,
Les plaisirs, l'abondance et surtout la santé.
Puis apprends si, toujours ami de la nature,
Il s'en tient comme nous aux bosquets d'Épicure ;
S'il a de ses amis gardé le souvenir ;
Quelle muse à présent occupe son loisir ;
Si Tibulle et Vénus le couronnent de rose,
Ou si dans les déserts que le Permesse arrose,
Du vulgaire troupeau prompt à se séparer,
Aux sources de Pindare ardent à s'enivrer,
Sa lyre fait entendre aux Nymphes de la Seine
Les sons audacieux de la lyre thébaine ;
Que toujours à m'écrire il est lent à mon gré ;
Que, de mon cher Brazais pour un temps séparé,
Les ruisseaux et les bois, et Vénus, et l'étude
Adoucissant un peu ma triste solitude.
Oui ! les cieux avec joie ont embelli ces champs.
Mais, Le Brun, dans l'effroi que respirent les camps
Où les foudres guerriers étonnent mon oreille,
Où loin avant Phébus Bellone me réveille,
Puis-je adorer encore et Vertumne et Palès ?
Il faut un cœur paisible à ces dieux de la paix.

II

AU MÊME

Ami, chez nos Français ma muse voudrait plaire ;
Mais j'ai fui la satire à leurs regards si chère.
Le superbe lecteur, toujours content de lui,
Et toujours plus content s'il peut rire d'autrui,
Veut qu'un nom imprévu, dont l'aspect le déride,
Égaye au bout du vers une rime perfide ;
Il s'endort si quelqu'un ne pleure quand il rit.
Mais qu'Horace et sa troupe irascible d'esprit
Daignent me pardonner, si jamais ils pardonnent :
J'estime peu cet art, ces leçons qu'ils nous donnent,
D'immoler bien un sot, qui jure en son chagrin,
Au rire âcre et perçant d'un caprice malin.
Le malheureux déjà me semble assez à plaindre
D'avoir, même avant lui, vu sa gloire s'éteindre,
Et son livre au tombeau lui montrer le chemin,
Sans aller, sous la terre au trop fertile sein,
Semant sa renommée et ses tristes merveilles,
Faire à tous les roseaux chanter quelles oreilles
Sur sa tête ont dressé leurs sommets et leurs poids.

Autres sont mes plaisirs. Soit, comme je le crois,
Que d'une débonnaire et généreuse argile
On ait pétri mon âme innocente et facile ;
Soit, comme ici, d'un œil caustique et médisant,
En secouant le front, dira quelque plaisant,
Que le ciel, moins propice, enviât à ma plume
D'un sel ingénieux la piquante amertume,

J'en profite à ma gloire, et je viens devant toi
Mépriser les raisins qui sont trop hauts pour moi,
Aux reproches sanglants d'un vers noble et sévère
Ce pays toutefois offre une ample matière ;
Soldats tyrans du peuple obscur et gémissant,
Et juges endormis aux cris de l'innocent ;
Ministres oppresseurs, dont la main détestable
Plonge au fond des cachots la vertu redoutable.
Mais, loin qu'ils aient senti la fureur de nos vers,
Nos vers rampent en foule aux pieds de ces pervers,
Qui savent bien payer d'un mépris légitime
Le lâche, qui pour eux feint d'avoir quelque estime,
Certe, un courage ardent qui s'armerait contre eux
Serait utile au moins s'il était dangereux ;
Non, d'aller, aiguisant une vaine satire,
Chercher sur quel poète on a droit de médire ;
Si tel livre deux fois ne s'est pas imprimé,
Si tel est mal écrit, tel autre mal rimé.

Ainsi donc, sans coûter de larmes à personne,
A mes goûts innocents, ami, je m'abandonne.
Mes regards vont errant sur mille et mille objets.
Sans renoncer aux vieux, plein de nouveaux projets,
Je les tiens ; dans mon camp partout je les rassemble,
Les enrôle, les suis, les pousse tous ensemble.
S'égarant à son gré, mon ciseau vagabond
Achève à ce poème ou les pieds ou le front,
Creuse à l'autre les flancs, puis l'abandonne et vole
Travailler à cet autre ou la jambe ou l'épaule.
Tous, boiteux, suspendus, traînent : mais je les vois
Tous bientôt sur leurs pieds se tenir à la fois.
Ensemble lentement tous couvés sous mes ailes,

Tous ensemble quittant leurs coques maternelles,
Sauront d'un beau plumage ensemble se couvrir,
Ensemble sous le bois voltiger et courir.
Peut-être il vaudrait mieux, plus constant et plus sage,
Commencer, travailler, finir un seul ouvrage.
Mais quoi ! cette constance est un pénible ennui.
— « Eh bien ! nous lirez-vous quelque chose aujourd'hui?
Me dit un curieux qui s'est toujours fait gloire
D'honorer les neuf Sœurs, et toujours, après boire,
Étendu dans sa chaise et se chauffant les pieds,
Aime à dormir au bruit des vers psalmodiés,
— Qui, moi ? Non, je n'ai rien. D'ailleurs je ne lis guère.
— Certe, un tel nous lut hier une épître !... et son frère
Termina par une ode où j'ai trouvé des traits !...
— Ces messieurs plus féconds, dis-je, sont toujours prêts.
Mais moi, que le caprice et le hasard inspire,
Je n'ai jamais sur moi rien qu'on puisse vous lire.
— Bon ! bon ! Et cet HERMÈS, dont vous ne parlez pas,
Que devient-il ? — Il marche, il arrive à grands pas.
— Oh ! je m'en fie à vous. — Hélas ! trop, je vous jure.
— Combien de chants de faits ? — Pas un, je vous
                                            [assure.
— Comment ? » Vous avez vu sous la main d'un fondeur
Ensemble se former, diverses en grandeur,
Trente cloches d'airain, rivales du tonnerre ?
Il achève leur moule enseveli sous terre ;
Puis, par un long canal en rameaux divisé,
Y fait couler les flots de l'airain embrasé ;
Si bien qu'au même instant, cloches, petite et grande
Sont prêtes, et chacune attend et ne demande
Qu'à sonner quelque mort, et du haut d'une tour
Réveiller la paroisse à la pointe du jour.

Moi, je suis ce fondeur : de mes écrits en foule
Je prépare longtemps et la forme et le moule ;
Puis, sur tous à la fois je fais couler l'airain ;
Rien n'est fait aujourd'hui, tout sera fait demain.

Ami, Phébus ainsi me verse ses largesses.
Souvent des vieux auteurs j'envahis les richesses.
Plus souvent leurs écrits, aiguillons généreux,
M'embrasent de leur flamme, et je crée avec eux.
Un juge sourcilleux, épiant mes ouvrages,
Tout à coup à grands cris dénonce vingt passages
Traduits de tel auteur qu'il nomme ; et, les trouvant
Il s'admire et se plaît de se voir si savant,
Que ne vient-il vers moi ? je lui ferai connaître
Mille de mes larcins qu'il ignore peut-être.
Mon doigt sur mon manteau lui dévoile à l'instant,
La couture invisible et qui va serpentant,
Pour joindre à mon étoffe une pourpre étrangère.
Je lui montrerai l'art, ignoré du vulgaire,
De séparer aux yeux, en suivant leur lien,
Tous ces métaux unis dont j'ai formé le mien.
Tout ce que des Anglais la muse inculte et brave,
Tout ce que des Toscans la voix fière et suave,
Tout ce que les Romains, ces rois de l'univers, ‧
M'offraient d'or et de soie, a passé dans mes vers.
Je m'abreuve surtout des flots que le Permesse
Plus féconds et plus purs fit couler dans la Grèce ;
Là, Promothée ardent, je dérobe les feux
Dont j'anime l'argile et dont je fais des Dieux.
Tantôt chez un auteur j'adopte une pensée,
Mais qui revêt, chez moi souvent entrelacée,
Mes images, mes tours, jeune et frais ornement ;

Tantôt je ne retiens que les mots seulement :
J'en détourne le sens, et l'art sait les contraindre.
Vers des objets nouveaux qu'ils s'étonnent de peindre
La prose plus souvent vient subir d'autres lois,
Et se transforme et fuit mes poétiques doigts ;
De rimes couronnée, et légère et dansante,
En nombres mesurés elle s'agite et chante.
Des antiques vergers ces rameaux empruntés,
Croissent sur mon terrain mollement transplantés.
Aux troncs de mon verger ma main avec adresse
Les attache ; et bientôt même écorce les presse.
De ce mélange heureux l'insensible douceur
Donne à mes fruits nouveaux une antique saveur.
Dévot adorateur de ces maîtres antiques,
Je veux m'envelopper de leurs saintes reliques.
Dans leur triomphe admis, je veux le partager,
Ou bien de ma défense eux-mêmes les charger.
Le critique imprudent, qui se croit bien habile,
Donnera sur ma joue un soufflet à Virgile.
Et ceci (tu peux voir si j'observe ma loi),
Montaigne, il t'en souvient, l'avait dit avant moi.

III

AU CHEVALIER DE PANGE

1789.

Heureux qui, se livrant aux sages disciplines,
Nourri du lait sacré des antiques doctrines,
Ainsi que de talents a jadis hérité

D'un bien modique et sûr qui fait la liberté !
Il a, dans sa paisible et sainte solitude,
Du loisir, du sommeil, et les bois, et l'étude,
Le banquet des amis, et quelquefois, les soirs,
Le baiser jeune et frais d'une blanche aux yeux noirs.
Il ne faut point qu'il dompte un ascendant suprême,
Opprime son génie et s'éteigne soi-même,
Pour user sans honneur et sa plume et son temps
A des travaux obscurs tristement importants.
Il n'a point, pour pousser sa barque vagabonde,
A se précipiter dans les flots du grand monde ;
Il n'a point à souffrir vingt discours odieux
De raisonneurs méchants encor plus qu'ennuyeux ;
Lorsqu'en de longs détours de disputes frivoles
Hurlent de vingt partis les prétentions folles ;
Prêtres et gens de cour, ambitieux tyrans,
Nobles et magistrats, superbes ignorants
Tous vieux usurpateurs et voraces corsaires,
Et dignes héritiers de l'esprit de nos pères
D'un sourcilleux rimeur au fauteuil installé.
Il ne doit point toujours déguiser ce qu'il pense,
Imposer à son âme un éternel silence,
Trahir la vérité pour avoir le repos,
Et feindre d'être un sot pour vivre avec les sots.

POÈMES

L'INVENTION

O fils du Mincius, je te salue, ô toi
Par qui le Dieu des arts fut roi du peuple-roi !
Et vous, à qui jadis, pour créer l'harmonie,
L'Attique et l'onde Égée, et la belle Ionie,
Donnèrent un ciel pur, les plaisirs, la beauté,
Des mœurs simples, des lois, la paix, la liberté,
Un langage sonore, aux douceurs souveraines,
Le plus beau qui soit né sur des lèvres humaines.
Nul âge ne verra pâlir vos saints lauriers,
Car vos pas inventeurs ouvrirent les sentiers ;
Et du temple des arts que la gloire environne
Vos mains ont élevé la première colonne.
A nous tous aujourd'hui, vos faibles nourrissons,
Votre exemple a dicté d'importantes leçons.
Il nous dit que nos mains, pour vous être fidèles,
Y doivent élever des colonnes nouvelles.
L'esclave imitateur naît et s'évanouit ;
La nuit vient, le corps reste, et son ombre s'enfuit

Ce n'est qu'aux inventeurs que la vie est promise.
Nous voyons les enfants de la fière Tamise,
De toute servitude ennemis indomptés ;
Mieux qu'eux, par votre exemple, à vous vaincre excités
Osons ; de votre gloire éclatante et durable
Essayons d'épuiser la source inépuisable.
Mais inventer n'est pas, en un brusque abandon,
Blesser la vérité, le bon sens, la raison ;
Ce n'est pas entasser, sans dessein et sans forme
Des membres ennemis en un colosse énorme ;
Ce n'est pas, élevant des poissons dans les airs,
A l'aile des vautours ouvrir le sein des mers ;
Ce n'est pas sur le front d'une Nymphe brillante
Hérisser d'un lion la crinière sanglante :
Délires insensés ! fantômes monstrueux !
Et d'un cerveau malsain rêves tumultueux !
Ces transports déréglés, vagabonde manie,
Sont l'accès de la fièvre et non pas du génie :
D'Ormus et d'Ariman ce sont les noirs combats,
Où, partout confondus, la vue et le trépas,
Les ténèbres, le jour, la forme et la matière,
Luttent sans être unis ; mais l'esprit de lumière
Fait naître en ce chaos la concorde et le jour :
D'éléments divisés il reconnaît l'amour,
Les rappelle ; et partout, en d'heureux intervalles,
Sépare et met en paix les semences rivales.
Ainsi donc, dans les arts, l'inventeur est celui
Qui peint ce que chacun put sentir comme lui ;
Qui, fouillant des objets les plus sombres retraites,
Étale et fait briller leurs richesses secrètes ;
Qui, par des nœuds certains, imprévus et nouveaux,
Unissant des objets qui paraissaient rivaux,

Montre et fait adopter à la nature mère
Ce qu'elle n'a point fait, mais ce qu'elle a pu faire ;
C'est le fécond pinceau qui, sûr dans ses regards,
Retrouve un seul visage en vingt belles épars,
Les fait renaître ensemble, et, par un art suprême,
Des traits de vingt beautés forme la beauté même.
La nature dicta vingt genres opposés
D'un fil léger entre eux chez les Grecs divisés.
Nul genre, s'échappant de ses bornes prescrites,
N'aurait osé d'un autre envahir les limites ;
Et Pindare à sa lyre, en un couplet bouffon,
N'aurait point de Marot associé le ton.
Des ces fleuves nombreux dont l'antique Permesse
Arrosa si longtemps les cités de la Grèce,
De nos jours même, hélas ! nos aveugles vaisseaux
Ont encore oublié mille vastes rameaux.
Quand Louis et Colbert, sous les murs de Versailles
Réparaient des beaux-arts les longues funérailles
De Sophocle et d'Eschyle ardents admirateurs,
De leur auguste exemple élèves inventeurs,
Des hommes immortels firent sur notre scène
Revivre aux yeux français les théâtres d'Athène.
Comme eux, instruit par eux, Voltaire offre à nos pleurs
Des grands infortunés les illustres douleurs ;
D'autres esprits divins, fouillant d'autres ruines,
Sous l'amas des débris, des ronces, des épines,
Ont su, pleins des écrits des Grecs et des Romains,
Retrouver, parcourir leurs antiques chemins.
Mais, ô la belle palme et quel trésor de gloire
Pour celui qui, cherchant la plus noble victoire,
D'un si grand labyrinthe affrontant les hasards,
Saura guider sa Muse aux immenses regards,

De mille longs détours à la fois occupée,
Dans les sentiers confus d'une vaste épopée !
Lui dire d'être libre, et qu'elle n'aille pas
De Virgile et d'Homère épier tous les pas,
Par leur secours à peine à leurs pieds élevée !
Mais, qu'auprès de leurs chars dans un char enlevée,
Sur leurs sentiers marqués de vestiges si beaux.
Sa roue ose imprimer des vestiges nouveaux.
Quoi ! faut-il, ne s'armant que de timides voiles,
N'avoir que ces grands noms pour Nord et pour étoiles,
Les cotoyer sans cesse, et n'oser un instant,
Seul et loin de tout bord, intrépide et flottant,
Aller sonder les flancs du plus lointain Nérée,
Et du premier sillon fendre une onde ignorée ?
Les coutumes d'alors, les sciences, les mœurs
Respirent dans les vers des antiques auteurs.
Leur siècle est en dépôt dans leurs nobles volumes.
Tout a changé pour nous, mœurs, sciences, coutumes,
Pourquoi donc nous faut-il, par un pénible soin,
Sans rien voir près de nous, voyant toujours bien loin,
Vivant dans le passé, laissant ceux qui commencent,
Sans penser, écrivant d'après d'autres qui pensent,
Retraçant un tableau que nos yeux n'ont point vu,
Dire et dire cent fois ce que nous avons lu ?
De la Grèce héroïque et naissante et sauvage
Dans Homère à nos yeux vit la parfaite image.
Démocrite, Platon, Épicure, Thalès,
Ont de loin à Virgile indiqué les secrets
D'une nature encore à leurs yeux trop voilée.
Toricelli, Newton, Kepler et Galilée,
Plus doctes, plus heureux dans leurs puissants efforts,
A tout nouveau Virgile ont ouvert des trésors.

Tous les arts sont unis : les sciences humaines
N'ont pu de leur empire étendre les domaines,
Sans agrandir aussi la carrière des vers.
Quel long travail pour eux a conquis l'univers !
Aux regards de Buffon, sans voile, sans obstacles,
La terre ouvrant son sein, ses ressorts, ses miracles
Ses germes, ses coteaux, dépouille de Téthys,
Les nuages épais, sur elle appesantis,
De ses noires vapeurs nourrissant leur tonnerre,
Et l'hiver ennemi pour envahir la terre,
Roi des antres du Nord, et, de glaces armés,
Ses pas usurpateurs, sur nos monts imprimés ;
Et l'œil perçant du verre, en la vaste étendue,
Allant chercher ces feux qui fuyaient notre vue ;
Aux changements prédits, immuables, fixés,
Que d'une plume d'or Bailly nous a tracés,
Aux lois de Cassini les comètes fidèles ;
L'aimant, de nos vaisseaux seul dirigeant les ailes ;
Une Cybèle neuve et cent mondes divers
Aux yeux de nos Jasons sortis du sein des mers ;
Quel amas de tableaux, de sublimes images,
Naît de ces grands objets réservés à nos âges !
Sous ces bois étrangers qui couronnent ces monts,
Aux vallons de Cusco, dans ces antres profonds,
Si chers à la fortune et plus chers au génie,
Germent des mines d'or, de gloire et d'harmonie.
Pensez-vous, si Virgile ou l'Aveugle divin
Renaissaient aujourd'hui, que leur savante main
Négligeât de saisir ces fécondes richesses,
De notre Pinde auguste éclatantes largesses ?
Nous en verrions briller leurs sublimes écrits ;
Et ces mêmes objets. que vos doctes mépris

Accueillent aujourd'hui d'un front dur et sévère,
Alors à vos regards auraient seuls droit de plaire.
Alors, dans l'avenir, votre inflexible humeur
Aurait soin de défendre à tout jeune rimeur
D'oser sortir jamais de ce cercle d'images
Que vos yeux auraient vu tracé dans leurs ouvrages.
Mais qui jamais a su, dans des vers séduisants,
Sous des dehors plus vrais peindre l'esprit aux sens ?
Mais quelle voix jamais d'une plus pure flamme
Et chatouilla l'oreille et pénétra dans l'âme ?
Mais leurs mœurs et leurs lois, et mille autres hasards
Rendaient leur siècle heureux plus propice aux beaux-
                                              [arts
Eh bien ! l'âme est partout ; la pensée a des ailes.
Volons, volons chez eux retrouver leurs modèles ;
Voyageons dans leur âge, où, libre, sans détour,
Chaque homme ose être un homme et penser au grand
                                              [jour.
Au tribunal de Mars, sur la pourpre romaine,
Là du grand Cicéron la vertueuse haine
Écrase Céthégus, Catilina, Verrès ;
Là tonne Démosthène ; ici, de Périclès
La voix, l'ardente voix, de tous les cœurs maîtresse,
Frappe, foudroie, agite, épouvante la Grèce.
Allons voir la grandeur et l'éclat de leurs jeux.
Ciel ! la mer appelée en un bassin pompeux !
Deux flottes parcourant cette enceinte profonde,
Combattant sous les yeux des conquérants du monde.
O terre de Pélops ! avec le monde entier
Allons voir d'Épidaure un agile coursier,
Couronné dans les champs de Némée et d'Élide ;
Allons voir au théâtre, aux accents d'Euripide,

D'une sainte folie un peuple furieux
Chanter : *Amour, tyran des hommes et des Dieux;*
Puis, ivres des transports qui nous viennent surprendre
Parmi nous, dans nos vers, revenons les répandre ;
Changeons en notre miel leurs plus antiques fleurs,
Pour peindre notre idée empruntons leurs couleurs ;
Allumons nos flambeaux à leurs feux poétiques ;
Sur des pensers nouveaux faisons des vers antiques.

Direz-vous qu'un objet né sur leur Hélicon
A seul de nous charmer pu recevoir le don ;
Que leurs fables, leurs Dieux, ces mensonges futiles
Des Muses noble ouvrage, aux Muses sont utiles ;
Que nos travaux savants, nos calculs studieux,
Qui subjuguent l'esprit et répugnent aux yeux,
Que l'on croit malgré soi, sont pénibles, austères,
Et moins grands, moins pompeux que leurs belles chi-
                                        [mères ?
Voilà ce que traités, préfaces, longs discours,
Prose, rime, partout nous disent tous les jours.
Mais enfin, dites-moi, si d'une œuvre immortelle
La nature est en nous la source et le modèle,
Pouvez-vous le penser que tout cet univers
Et cet ordre éternel, ces mouvements divers
L'immense vérité, la nature elle-même,
Soit moins grande en effet que ce brillant système
Qu'ils nommaient la nature, et dont d'heureux efforts
Disposaient avec art les fragiles ressorts ?
Mais quoi ! ces vérités sont au loin reculées,
Dans un langage obscur saintement recélées :
Le peuple les ignore. O Muses, ô Phœbus !
C'est là, c'est là sans doute un aiguillon de plus.

L'auguste poésie, éclatante interprète,
Se couvrira de gloire en forçant leur retraite ;
Cette reine des cœurs, à la touchante voix,
A le droit, en tous lieux, de nous dicter son choix,
Sûre de voir partout, introduite par elle,
Applaudir à grands cris une beauté nouvelle,
Et les objets nouveaux que sa voix a tentés
Partout, de bouche en bouche, après elle chantés.
Elle porte, à travers leurs nuages plus sombres,
Des rayons lumineux qui dissipent leurs ombres,
Et rit quand, dans son vide, un auteur oppressé
Se plaint qu'on a tout dit et que tout est pensé.
Seule, et la lyre en main, et de fleurs couronnée,
De doux ravissements partout accompagnée,
Aux lieux les plus déserts, ses pas, ses jeunes pas,
Trouvent mille trésors qu'on ne soupçonnait pas.
Sur l'aride buisson que son regard se pose,
Le buisson à ses yeux rit et jette une rose.
Elle sait ne point voir, dans son juste dédain,
Les fleurs qui trop souvent, courant de main en main,
Ont perdu tout l'éclat de leurs fraîcheurs vermeilles ;
Elle sait même encore, ô charmantes merveilles !
Sous ses doigts délicats réparer et cueillir
Celles qu'une autre main n'avait su que flétrir ;
Elle seule connaît ces extases choisies,
D'un esprit tout de feu mobiles fantaisies,
Ces rêves d'un moment, belles illusions,
D'un monde imaginaire aimables visions,
Qui ne frappent jamais, trop subtile lumière,
Des terrestres esprits l'œil épais et vulgaire.
Seule, de mots heureux, faciles, transparents,
Elle sait revêtir ces fantômes errants :

Ainsi des hauts sapins de la Finlande humide,
De l'ambre, enfant du ciel, distille l'or fluide,
Et sa chute souvent rencontre dans les airs
Quelque insecte volant qu'il porte au fond des mers ;
De la Baltique enfin les vagues orageuses
Roulent et vont jeter ces larmes précieuses
Où la fière Vistule, en de nobles coteaux,
Et le froid Niémen expirent dans ses eaux.
Là les arts vont cueillir cette merveille utile,
Tombe odorante où vit l'insecte volatile ;
Dans cet or diaphane il est lui-même encor,
On dirait qu'il respire et va prendre l'essor.

Qui que tu sois, enfin, ô toi, jeune poète,
Travaille, ose achever cette illustre conquête.
De preuves, de raisons, qu'est-il encor besoin ?
Travaille. Un grand exemple est un puissant témoin.
Montre ce qu'on peut faire en le faisant toi-même,
Si pour toi la retraite est un bonheur suprême ;
Si chaque jour les vers de ces maîtres fameux
Font bouillonner ton sang et dressent tes cheveux ;
Si tu sens chaque jour, animé de leur âme,
Ce besoin de créer, ces transports, cette flamme,
Travaille. A nos censeurs c'est à toi de montrer
Tous ces trésors nouveaux qu'ils veulent ignorer.
Il faudra bien les voir, il faudra bien se taire
Quand ils verront enfin cette gloire étrangère
De rayons inconnus ceindre ton front brillant.
Aux antres de Paros le bloc étincelant
N'est aux vulgaires yeux qu'une pierre insensible.
Mais le docte ciseau, dans son sein invisible,
Voit, suit, trouve la vie, et l'âme, et tous ses traits

Tout l'Olympe respire en ses détours secrets.
Là vivent de Vénus les beautés souveraines ;
Là des muscles nerveux, là de sanglantes veines
Serpentent ; là des flancs invaincus aux travaux,
Pour soulager Atlas des célestes fardeaux.
Aux volontés du fer leur enveloppe énorme
Cède, s'amollit, tombe ; et de ce bloc informe
Jaillissent, éclatants, des Dieux pour nos autels :
C'est Apollon lui-même, honneur des immortels ;
C'est Alcide vainqueur des monstres de Némée ;
C'est du vieillard troyen la mort envenimée ;
C'est des Hébreux errants le chef, le défenseur :
Dieu tout entier habite en ce marbre penseur.
Ciel ! n'entendez-vous pas de sa bouche profonde
Éclater cette voix créatrice du monde ?
Oh ! qu'ainsi parmi nous des esprits inventeurs
De Virgile et d'Homère atteignent les hauteurs !
Sachent dans la mémoire avoir comme eux un temple
Et sans suivre leurs pas imiter leur exemple ;
Faire, en s'éloignant d'eux, avec un soin jaloux,
Ce qu'eux-même ils feraient s'ils vivaient parmi nous !
Que la nature seule, en ses vastes miracles,
Soit leur Fable et leurs Dieux, et ses lois leurs oracles ;
Que leurs vers, de Théthys respectant le sommeil,
N'aillent plus dans ses flots rallumer le soleil ;
De la cour d'Apollon que l'erreur soit bannie,
Et qu'enfin Calliope, élève d'Uranie,
Montant sa lyre d'or sur un plus noble ton,
En langage des Dieux fasse parler Newton !
Oh ! si je puis, un jour !... Mais quel est ce murmure ?
Quelle nouvelle attaque et plus forte et plus dure ?
O langue des Français ! est-il vrai que ton sort

Est de ramper toujours, et que toi seule as tort ?
Ou si d'un faible esprit l'indolente paresse
Veut rejeter sur toi sa honte et sa faiblesse ?
Il n'est sot traducteur, de sa richesse enflé,
Sot auteur d'un poème ou d'un discours sifflé,
Ou d'un recueil ambré de chansons à la glace,
Qui ne vous avertisse, en sa fière préface,
Que si son style épais vous fatigue d'abord,
Si sa prose vous pèse et bientôt vous endort,
Si son vers est gêné, sans feu, sans harmonie,
Il n'en est point coupable : il n'est pas sans génie ;
Il a tous les talents qui font les grands succès ;
Mais enfin, malgré lui, ce langage français,
Si faible en ses couleurs, si froid et si timide,
L'a contraint d'être lourd, gauche, plat, insipide.
Mais serait-ce Le Brun, Racine, Despréaux
Qui l'accusent ainsi d'abuser leurs travaux ?
Est-ce à Rousseau, Buffon qu'il résiste infidèle ?
Est-ce pour Montesquieu, qu'impuissant et rebell e
Il fuit ? Ne sait-il pas, se reposant sur eux,
Doux, rapide, abondant, magnifique, nerveux,
Creusant dans les détours de ces âmes profondes,
S'y teindre, s'y tremper de leurs couleurs fécondes ?
Un rimeur voit partout un nuage, et jamais
D'un coup d'œil ferme et grand n'a saisi les objets ;
La langue se refuse à ses demi-pensées,
De sang-froid, pas à pas, avec peine amassées ;
Il se dépite alors, et, restant en chemin,
Il se plaint qu'elle échappe et glisse de sa main.
Celui qu'un vrai démon presse, enflamme, domine,
Ignore un tel supplice : il pense, il imagine ;
Un langage imprévu, dans son âme produit,

Naît avec sa pensée, et l'embrasse et la suit ;
Les images, les mots que le génie inspire,
Où l'univers entier vit, se meut et respire,
Source vaste et sublime et qu'on ne peut tarir,
En foule en son cerveau se hâtent de courir,
D'eux-même ils vont chercher un nœud qui les rassem-
Tout s'allie et se forme, et tout va naître ensemble. [ble.

Sous l'insecte vengeur envoyé par Junon,
Telle Io tourmentée, en l'ardente saison,
Traverse en vain les bois et la longue campagne,
Et le fleuve bruyant qui presse la montagne ;
Tel le bouillant poète, en ses transports brûlants,
Le front échevelé, les yeux étincelants,
S'agite, se débat, cherche en d'épais bocages
S'il pourra de sa tête apaiser les orages
Et secouer le Dieu qui fatigue son sein.
De sa bouche, à grands flots ce Dieu il dont est plein
Bientôt en vers nombreux s'exhale et se déchaîne ;
Leur sublime torrent, roule, saisit, entraîne.
Les tours impétueux, inattendus, nouveaux,
L'expression de flamme aux magiques tableaux
Qu'a trempés la nature en ses couleurs fertiles,
Les nombres tour à tour turbulents ou faciles ;
Tout porte au fond du cœur le tumulte ou la paix ;
Dans la mémoire au loin tout s'imprime à jamais,
C'est ainsi que Minerve, en un instant formée,
Du front de Jupiter s'élance tout armée,
Secouant et le glaive, et le casque guerrier,
Et l'horrible Gorgone à l'aspect meurtrier.

Des Toscans, je le sais, la langue est séduisante :

Cire molle, à tout peindre habile et complaisante,
Qui prend d'heureux contours sous les plus faibles
[mains.
Quand le Nord, s'épuisant de barbares essaims,
Vint, par une conquête en malheurs plus féconde,
Venger sur les Romains l'esclavage du monde,
De leurs affreux accents la farouche âpreté
Du latin en tous lieux souilla la pureté :
On vit de ce mélange étranger et sauvage
Naître des langues sœurs, que le temps et l'usage,
Par des sentiers divers guidant diversement,
D'une lime insensible ont poli lentement ;
Sans pouvoir en entier, malgré tous leurs prodiges,
De la rouille barbare effacer les vestiges.
De là du castillan la pompe et la fierté,
Teint encor des couleurs du langage indompté
Qu'au Tage transplantaient les fureurs musulmanes.
La grâce et la douceur sur les lèvres toscanes
Fixèrent leur empire ; et la Seine à la fois
De grâce et de fierté sut composer sa voix.
Mais ce langage, armé d'obstacles indociles,
Lutte et ne veut plier que sous des mains habiles.
Est-ce un mal ? Eh ! plutôt rendons grâces aux Dieux ;
Un faux éclat longtemps ne peut tromper nos yeux,
Et notre langue même, à tout esprit vulgaire
De nos vers dédaigneux fermant le sanctuaire,
Avertit dès l'abord que s'il y veut monter,
Il faut savoir tout craindre et savoir tout tenter ;
Et, recueillant affronts ou gloire sans mélange,
S'élever jusqu'au faîte ou ramper dans la fange.

HERMÈS

Plan.

PREMIER CHANT A.

Système de la terre et non du monde. Les saisons.
Naissance des animaux. L'âme. Les animaux se partagent
la terre, L'un de çà, l'autre de là. L'homme seul peut
vivre partout. Mais n'anticipons point. Prenons-le au
commencement, et tous ses miracles vont nous passer
en revue.

DEUXIÈME CHANT B.

L'homme depuis le commencement de son état de sauvage jusqu'à la naissance des sociétés.

TROISIÈME CHANT C.

Les Sociétés. Politique, morale. Invention des sciences...
Système du monde.

I

Dans nos vastes cités, par le sort partagés,
Sous deux injustes lois les hommes sont rangés :
Les uns, princes et grands, d'une avide opulence
Étalent sans pudeur la barbare insolence ;
Les autres, sans pudeur, vils clients de ces grands,
Vont ramper sous les murs qui cachent leurs tyrans,
Admirer ces palais aux colonnes hautaines
Dont eux-même ont payé les splendeurs inhumaines,
Qu'eux-même ont arrachés aux entrailles des monts,

Et tout trempés encor des sueurs de leurs fronts.
Moi, je me plus toujours, client de la nature,
A voir son opulence et bienfaisante et pure,
Cherchant loin de nos murs les temples, les palais
Où la Divinité me révèle ses traits,
Ces monts, vainqueurs sacrés des fureurs du tonnerre,
Ces chênes, ces sapins, premiers-nés de la terre ;
Les pleurs des malheureux n'ont point teint ces lambris;,
D'un feu religieux le saint poète épris
Cherche leur pur éther et plane sur leur cime.
Mer bruyante, la voix du poète sublime
Lutte contre les vents, et tes flots agités
Sont moins forts, moins puissants que ses vers indomp-
A l'aspect du volcan, aux astres élancée,   [tés.
Luit, vole avec l'Etna, la bouillante pensée.

Heureux qui sait aimer ce trouble auguste et grand :
Seul, il rêve en silence à la voix du torrent
Qui le long des rochers se précipite et tonne ;
Son esprit en torrent et s'élance et bouillonne.
Là, je vais dans mon sein méditant à loisir
Des chants à faire entendre aux siècles à venir ;
Là, dans la nuit des cœurs qu'osa sonder Homère,
Cet aveugle divin, et me guide et m'éclaire.
Souvent mon vol, armé des ailes de Buffon,
Franchit avec Lucrèce, au flambeau de Newton,
La ceinture d'azur, sur le globe étendue.
Je vois l'être et la vie et leur source inconnue,
Dans les fleuves d'éther tous les mondes roulants,
Je poursuis la comète aux crins étincelants,
Les astres et leurs poids, leurs formes, leurs distances ;
Je voyage avec eux dans leurs cercles immenses.

Comme eux, astre, soudain je m'entoure de feux;
Dans l'éternel concert je me place avec eux :
En moi leurs doubles lois agissent et respirent ;
Je sens tendre vers eux mon globe qu'ils attirent.
Sur moi qui les attire ils pèsent à leur tour.
Les éléments divers, leur haine, leur amour,
Les causes, l'infini s'ouvre à mon œil avide.
Bientôt redescendu sur notre fange humide,
J'y rapporte des vers de nature enflammés,
Aux purs rayons des Dieux dans ma course allumés.
Écoutez donc ces chants d'Hermès dépositaires,
Où l'homme antique, errant dans ses routes premières,
Fait revivre à vos yeux l'empreinte de ses pas.
Mais dans peu, m'élançant aux armes, aux combats,
Je dirai l'Amérique à l'Europe montrée ;
J'irai dans cette riche et sauvage contrée
Soumettre au Mançanar le vaste Maranon.
Plus loin dans l'avenir je porterai mon nom,
Celui de cette Europe en grands exploits féconde,
Que nos jours ne sont loin des premiers jours du monde.

II

. . . .
Avant que des États la base fût constante,
Avant que de pouvoir, à pas mieux assurés,
Des sciences, des arts monter quelques degrés,
Du temps et du besoin l'inévitable empire
Dut avoir aux humains enseigné l'art d'écrire.
D'autres arts l'ont poli ; mais aux arts, le premier,
Lui seul des vrais succès put ouvrir le sentier.

Sur la feuille d'Égypte ou sur la peau ductile,
Même un jour sur le dos d'un albâtre docile
Au fond des eaux formé des dépouilles du lin,
Une main éloquente, avec cet art divin,
Tient, fait voir l'invisible et rapide pensée,
L'abstraite intelligence et palpable et tracée ;
Peint des sons à nos yeux, et transmet à la fois
Une voix aux couleurs, des couleurs à la voix.
Quand des premiers traités la fraternelle chaîne
ommença d'approcher, d'unir la race humaine
La terre et de hauts monts, des fleuves, des forêts.
Des contrats attestés, garants sûrs et muets,
Furent le livre auguste et les lettres sacrées
Qui faisaient lire aux yeux les promesses jurées.
Dans la suite peut-être ils voulurent sur soi
L'un de l'autre emporter la parole et la foi ;
Ils surent donc, broyant de liquides matières,
L'un sur l'autre imprimer leurs images grossières,
Ou celle du témoin, homme, plante ou rocher,
Qui vit jurer leur bouche et leurs mains se toucher,
De là dans l'Orient ces colonnes savantes,
Rois, prêtres, animaux, peints en scènes vivantes,
De la religion ténébreux monuments,
Pour les sages futurs laborieux tourments,
Archives de l'État, où les mains politiques
Traçaient en longs tableaux les annales publiques.
De là, dans un amas d'emblèmes captieux,
Pour le peuple ignorant monstre religieux,
Des membres ennemis vont composer ensemble
Un seul tout, étonné du nœud qui les rassemble ;
Un corps de femme au front d'un aigle enfant des airs
Joint l'écaille et les flancs d'un habitant des mers.

Cet art simple et grossier nous a suffi peut-êtce
Tant que tous nos discours n'ont su voir ni connaître
Que les objets présents dans la nature épars,
Et que tout notre esprit était dans nos regards.
Mais on vit, quand vers l'homme on apprit à descendre,
Quand il fallut fixer, nommer, écrire, entendre
Du cœur, des passions les plus secrets détours,
Les espaces du temps ou plus longs ou plus courts
Quel cercle étroit bornait cette antique écriture.
Plus on y mit de soins, plus incertaine, obscure,
Du sens confus et vague elle épaissit la nuit.
Quelque peuple à la fin, par le travail instruit,
Compte combien de mots l'héréditaire usage   .
A transmis jusqu'à lui pour former un langage.
Pour chacun de ces mots un signe est inventé,
Et la main qui l'entend des lèvres répété
Se souvient d'en tracer cette image fidèle ;
Et sitôt qu'une idée inconnue et nouvelle
Grossit d'un mot nouveau ces mots déjà nombreux,
Un nouveau signe accourt s'enrôler avec eux.

C'est alors, sur des pas si faciles à suivre,
Que l'esprit des humains est assuré de vivre.
C'est alors que le fer à la pierre, aux métaux,
Livre, en dépôt sacré pour les âges nouveaux,
Nos âmes et nos mœurs fidèlement gardées,
Et l'œil sait reconnaître une forme aux idées.
Dès lors des grands aïeux les travaux, les vertus
Ne sont point pour leurs fils des exemples perdus.
Le passé du présent est l'arbitre et le père,
Le conduit par la main, l'encourage, l'éclaire.
Les aïeux, les enfants, les arrière-neveux,

Tous sont du même temps, ils ont les mêmes vœux.
La patrie, au milieu des embûches, des traîtres,
Remonte en sa mémoire, a recours aux ancêtres,
Cherche ce qu'ils feraient en un danger pareil,
Et des siècles vieillis assemble le conseil.

III

Chassez de vos autels, juges vains et frivoles,
Ces héros conquérants, meurtrières idoles ;
Tous ces grands noms, enfants des crimes, des ma-
                                        [lheurs,
De massacres fumants, teints de sang et de pleurs,
Venez tomber aux pieds de plus nobles images :
Voyez ces hommes saints, ces sublimes courages,
Héros dont les vertus, les travaux bienfaisants,
Ont éclairé la terre et mérité l'encens ;
Qui, dépouillés d'eux-même et vivant pour leurs frères,
Les ont soumis au frein des règles salutaires,
Au joug de leur bonheur ; les ont fait citoyens ;
En leur donnant des lois leur ont donné des biens,
Des forces, des parents, la liberté, la vie ;
Enfin qui d'un pays ont fait une patrie.
Et que de fois pourtant leurs frères envieux
Ont d'affronts insensés, de mépris odieux,
Accueilli les bienfaits de ces illustres guides,
Comme dans leurs maisons ces animaux stupides
Dont la dent méfiante ose outrager la main
Qui se tendait vers eux pour apaiser leur faim !
Mais n'importe ; un grand homme au milieu des sup-
Goûte de la vertu les augustes délices.   [plices

Il le sait : les humains sont injustes, ingrats.
Que leurs yeux un moment ne le connaissent pas ;
Qu'un jour entre eux et lui s'élève avec murmure
D'insectes ennemis une nuée obscure ;
N'importe ; il les instruit, il les aime pour eux.
Même ingrats, il est doux d'avoir fait des heureux.
Il sait que leur vertu, leur bonté, leur prudence,
Doit être son ouvrage et non sa récompense,
Et que leur repentir, pleurant sur son tombeau,
De ses soins, de sa vie, est un prix assez beau.
Au loin dans l'avenir sa grande âme contemple
Les sages opprimés que soutient son exemple ;
Des méchants dans soi-même il brave la noirceur,
C'est là qu'il sait les fuir ; son asile est son cœur.
De ce faîte serein, son Olympe sublime,
Il voit, juge, connaît. Un démon magnanime
Agite ses pensers, vit dans son cœur brûlant,
Travaille son sommeil actif et vigilant,
Arrache au long repos sa nuit laborieuse,
Allume avant le jour sa lampe studieuse,
Lui montre un peuple entier, par ses nobles bienfaits
Indompté dans la guerre, opulent dans la paix,
Son beau nom remplissant leur cœur et leur histoire
Les siècles prosternés au pied de sa mémoire.
Par ses sueurs bientôt l'édifice s'accroît.
En vain l'esprit du peuple est rampant, est étroit,
En vain le seul présent les frappe et les entraîne,
En vain leur raison faible et leur vue incertaine
Ne peut de ses regards suivre les profondeurs,
De sa raison céleste atteindre les hauteurs ;
Il appelle les Dieux à son conseil suprême.
Ses décrets, confiés à la voix des Dieux même,

Entraînent sans convaincre ; et le monde ébloui
Pense adorer les Dieux en n'adorant que lui.
Il fait honneur aux Dieux de son divin ouvrage.
C'est alors qu'il a vu tantôt à son passage
Un buisson enflammé recéler l'Éternel ;
C'est alors qu'il rapporte, en un jour solennel,
De la montagne ardente et du sein du tonnerre,
La voix de Dieu lui-même écrite sur la pierre ;
Ou c'est alors qu'au fond de ses augustes bois
Une nymphe l'appelle et lui trace des lois,
Et qu'un oiseau divin, messager de miracles,
A son oreille vient lui dicter des oracles.
Tout agit pour lui seul, et la tempête et l'air,
Et le cri des forêts, et la foudre et l'éclair ;
Tout. Il prend à témoin le monde et la nature ;
Mensonge grand et saint ! glorieuse imposture,
Quand au peuple trompé ce piège généreux
Lui rend sacré le joug qui doit le rendre heureux !

IV

Descends, œil éternel, tout clarté, tout lumière !
Viens luire dans son âme, éclairer sa paupière,
Pénétrer avec lui dans le cœur des humains ;
De ce grand labyrinthe ouvre-lui les chemins.
Qu'il aille interroger ses plus sombres retraites,
Voir de tous leurs pensers les racines secrètes.
Fais, de leurs passions, à ses doctes efforts,
Tenter, étudier, compter tous les ressorts.
Qu'un charme, en ses discours, flatte, entraîne, ravisse.
Fais régner sur les cœurs sa voix législatrice,
Pour qu'il les puisse instruire à vivre plus heureux :

Les unir de liens qui semblent nés pour eux ;
Étayer leur faiblesse et diriger leur force ;
De l'honnête et du beau leur présenter l'amorce.
Car si pour magistrats les lois ont des bourreaux,
Si leur siège sanglant est sur des échafauds,
La crainte sur les cœurs n'a qu'un pouvoir fragile.
Et qu'espérer de grand chez un peuple servile,
Lâche, à se mépriser en naissant façonné,
Avili par ses lois dès l'instant qu'il est né ?
Par ses lois ! Le poison, que son trépas va suivre,
Infecte l'aliment qui dût le faire vivre.
Toujours un grand supplice en amène un plus grand.
Plus la loi fait d'efforts, plus son pouvoir mourant
S'éteint. L'empire fuit dès que Thémis farouche
N'a que flammes, gibets, tortures à la bouche.
Elle lutte, on résiste. Et ce fatal combat
Use l'âme du peuple et les nœuds de l'État.
Sous une loi de sang un peuple est sanguinaire.
Quand d'un crime léger la mort est le salaire,
Tout grand forfait est sûr. Débile à se venger,
La loi ne prévient plus même un crime léger.
La balance est en nous. Le pouvoir d'un caprice
N'a point fondé les droits, la raison, la justice :
Ils sont nés avec l'homme et ses premiers liens.
Tel crime nuit aux mœurs, aux droits des citoyens,
Trouble la paix publique, outrage la nature ;
A ce modèle inné que la loi les mesure :
Que le coupable ingrat soit exclu de jouir
Des mêmes biens communs qu'il osait envahir ;
Qu'à tous les yeux, aux siens, par une loi certaine,
La nature du crime en indique la peine.
Clairvoyantes alors, les lois dans le danger

N'apportent point au mal un remède étranger.
La peine, du forfait compagne involontaire,
N'est qu'un juste équilibre, un talion sévère
Que n'épouvante point le scélérat puissant,
Que n'ensanglante point la mort de l'innocent.

La loi, dans les esprits, se glisse, s'insinue,
Les fait penser comme elle et fascine la vue.
Ce qu'elle dit supplice est supplice tout prêt ;
Ce qu'elle nomme un prix est un prix en effet.
Je veux qu'aux citoyens, la justice vengée,
L'honneur d'avoir bien fait, la patrie obligée,
Les regards du sénat, des enfants, des aïeux,
Soient un triomphe cher qui les élève aux cieux.
Je veux que leur bourreau soit la honte ennemie ;
Leurs peines, le mépris ; le blâme, l'infamie ;
Que l'arbre, le rocher, le ciel, les éléments,
Appelés à témoin de la foi des serments,
Soient les juges secrets qui, dans l'âme parjure,
Portent d'un long tourment l'implacable morsure.
Mais cet état surtout porte empreint sur le front
Du père de ses lois l'esprit vaste et profond,
Où par intérêt même on devient magnanime ;
Où la misère marche à la suite du crime ;
Où par la faim, la soif, le vice est combattu ;
Où l'on ne vit heureux qu'à force de vertu.

V

[PARTIE DE CE CANEVAS EXÉCUTÉE]

O mon fils, mon Hermès, ma plus belle espérance,
O fruit des longs travaux de ma persévérance,

Toi, l'objet le plus cher des veilles de dix ans,
Qui m'as coûté des soins et si doux et si lents ;
Confident de ma joie et remède à mes peines ;
Sur les lointaines mers, sur les terres lointaines,
Compagnon bien-aimé de mes pas incertains,
O mon fils, aujourd'hui quels seront tes destins ?
Une mère longtemps se cache ses alarmes :
Elle-même à son fils veut attacher ses armes ;
Mais quand il faut partir, ses bras, ses faibles bras
Ne peuvent sans terreur l'envoyer aux combats.
Dans la France, pour toi, que faut-il que j'espère ?
Jadis, enfant chéri, dans la maison d'un père
Qui te regardait naître et grandir sous ses yeux,
Tu pouvais, sans péril, disciple curieux,
Sur tout ce qui frappait ton enfance attentive
Donner un libre essor à ta langue naïve.
Plus de père aujourd'hui ! Le mensonge est puissant ;
Il règne. Dans ses mains luit un fer menaçant.
De la vérité sainte il déteste l'approche.
Il craint que son regard ne lui fasse un reproche ;
Que ses traits, sa candeur, sa voix, son souvenir,
Tout mensonge qu'il est, ne le fassent pâlir.
Mais la vérité seule est une, est éternelle.
Le mensonge varie ; et l'homme, trop fidèle,
Change avec lui. Pour lui les humains sont constants,
Et roulent de mensonge en mensonge flottants.

. . . .

Perdu, n'existant plus qu'en un docte cerveau,
Le français ne sera dans ce monde nouveau
Qu'une écriture antique et non plus un langage.
O, si tu vis encore, alors peut-être un sage
Près d'une lampe assis, dans l'étude plongé,

Te retrouvant poudreux, obscur, demi-rongé,
Voudra creuser le sens de tes lignes pensantes.
Il verra si, du moins, tes feuilles innocentes
Méritaient ces rumeurs, ces tempêtes, ces cris,
Qui vont sur toi sans doute éclater dans Paris.

NOTES ET VERS ÉPARS

Premier Chant

Il faut magnifiquement représenter la terre sous l'em-
blème métaphorique d'un grand animal qui vit, se meut,
est sujet à des changements, des révolutions, des fièvres,
des dérangements dans la circulation de son sang.

La terre est éternellement en mouvement. Chaque chose
naît, meurt, se dissout. Cette particule de terre a été du
fumier ; elle devient un trône et qui plus est un roi. Le
monde est une branloire perpétuelle, dit Montaigne (à
cette occasion, les conquérants, les bouleversements suc-
cessifs des invasions et des conquêtes, d'ici, de là...) Les
hommes ne font attention à ce roulis perpétuel que quand
ils en sont les victimes. Il est pourtant toujours... L'homme
ne juge les choses que dans le rapport qu'elles ont avec
lui. Affecté d'une telle manière, il appelle un accident un
bien. Affecté de telle autre manière, il l'appellera un mal.
La chose est pourtant la même et rien n'a changé que lui.

Ces mers, allant remplir des vallées où paissaient les
troupeaux, et baigner des côtes nouvelles, y allument des
volcans et les éteignent aux lieux d'où elles se retirent.

Ce chaos, ces montagnes hérissées, ces torrents, ces
énormes rochers épars, on croit voir là éparpillé le reste
des matériaux avec lequel on a fait le monde :

C'est là qu'admis au fond d'un antique mystère,
L'œil pense avec effroi voir la nature mère,
Dans les convulsions d'un douloureux tourment,
S'agiter sous l'effort d'un long enfantement.

Après avoir fait connaître les armes défensives et offen-
sives extérieurement de tous les animaux, l'homme seul
nu... O homme ! est-ce toi qui disséqueras la lumière...
Son arme offensive et intérieure, c'est son génie... Les
animaux ont un point où ils restent... L'homme seul est
perfectible...

Les hommes réunis en société commencèrent à avoir
des lois simples... Pour les mariages entre autres ; car
auparavant l'homme...

Et quand sa faim vorace, au pied d'un chêne antique,
Avait su du vil gland tombé de ses rameaux
Disputer la pâture aux plus vils animaux,
Un besoin plus terrible, une faim plus brûlante,
Livrait à ses efforts une esclave tremblante
Qui, bientôt de ses bras chassée avec horreur,
Allait d'un nouveau maître assouvir la fureur.
Mais sitôt que Cérès par des lois salutaires
Des humains réunis fit un peuple de frères,
Alors .   .   .   .
Une foi mutuelle unit les hyménées.

(*Imité de Lucrèce.*)

La vie humaine, errante, et vile, et méprisée,
Sous la religion gémissait écrasée.

.   .   .   .

De son horrible aspect menaçait les humains.
Un Grec fut le premier dont l'audace affermie

Leva des yeux mortels sur l'idole ennemie.
Rien ne put l'étonner. Et ces Dieux tout-puissants,
Cet Olympe, ses feux et ses bruits menaçants
Irritaient son courage à rompre la barrière
Où, sous d'épais remparts obscure et prisonnière,
La nature en silence étouffait sa clarté.
Ivre d'un feu vainqueur, son génie indompté,
Loin des murs enflammés qui renferment le monde,
Perça tous les sentiers de cette nuit profonde,
Et de l'immensité parcourut les déserts ;
Il nous dit quelles lois gouvernent l'univers,
Ce qui vit, ce qui meurt, et ce qui ne peut être.
La religion tombe et nous sommes sans maître ;
Sous nos pieds à son tour elle expire ; et les cieux
Ne feront plus courber nos fronts victorieux.

———

Il croit (aveugle erreur !) que de l'ingratitude
Un peuple tout entier peut se faire une étude,
L'établir pour son culte, et de Dieux bienfaisants
Blasphémer de concert les augustes présents.

———

Imprudent et malheureux l'État où il se fait différentes
associations, différents corps dont les membres, en y en-
trant, prennent un esprit et des intérêts différents de
l'esprit et de l'intérêt général. Heureux le pays où il n'y a
d'autre association que l'État, d'autres corps que la patrie,
d'autre intérêt que le bien commun ; où toutes les institu-
tions rapprochent les hommes, sans qu'aucune les divise ;
où chaque citoyen, à la fois sujet et souverain, portant
tour à tour la balance des lois, l'encensoir et l'épée, ne
transmet à ses enfants que l'exemple d'être citoyen.

———

Que l'agriculture est la seule vraie richesse... Sachez
découvrir les vérités que les antiques sages ont couvertes

de l'enveloppe des fables. Rappelez-vous Érysichton, l'ennemi de Cérès. Il outragea la déesse, il la bannit de ses États. Il défendit à la faux de couper le froment, au soc de tracer des sillons fertiles, aux champs de se couvrir des moissons dorées... Bientôt la dévorante faim... Il mangea, dévora, engloutit tout... Il fut réduit à vendre ses enfants... il fut réduit à se dévorer lui-même. Ainsi les États...

Après la description de la fête agricole de la Chine, s'écrier : O peuples de la terre, accourez, venez vivre en famille, venez...

————

Exposé du contrat social et des principes des gouvernements. — Très rapide.

————

SUZANNE

POÈME EN SIX CHANTS

CHANT I

Je dirai l'innocence en butte à l'imposture,
Et le pouvoir inique, et la vieillesse impure,
L'enfance auguste et sage, et Dieu, dans ses bienfaits,
Qui daigne la choisir pour venger les forfaits.
O fille du Très-Haut, organe du génie,
Voix sublime et touchante, immortelle harmonie,
Toi qui fais retentir les saints échos du ciel
D'hymnes que vont chanter, près du trône éternel,
Les jeunes séraphins aux ailes enflammées ;
Toi qui vins sur la terre aux vallons Idumées
Répéter la tendresse et les transports si doux
De la belle d'Égypte et du royal époux ;

Et qui, plus fière, aux bords où la Tamise gronde
As, depuis, fait entendre et l'enfance du monde,
Et le chaos antique, et les anges pervers,
Et les vagues de feu roulant dans les enfers,
Et des premiers humains les chastes hyménées,
Et les douceurs d'Éden sitôt abandonnées,
Viens ; coule sur ma bouche, et descends dans mon cœur
Mets sur ma langue un peu de ce miel séducteur
Qu'en des vers tout trempés d'une amoureuse ivresse
Versait du sage roi la langue enchanteresse ;
Un peu de ces discours grands, profonds comme toi,
Paroles de délice ou paroles d'effroi
Aux lèvres de Milton incessamment écloses,
Grand aveugle dont l'âme a su voir tant de choses !

Le soleil avait fait plus de la moitié de son cours, et le jeune Joachim se préparait à sortir de Babylone. Tous les enfants de Juda, ses frères, l'attendaient, répandus sur les chemins, pour le combler de bénédictions. Il allait au golfe Persique apprendre le sort d'un vaisseau chargé des trésors d'Ophir ; non qu'avide d'entasser de nouvelles richesses... ; mais il soulageait la captivité de ses frères..., et ses vertus leur faisaient espérer que le ciel les ferait retourner dans leur patrie, au bord du Jourdain. La fille d'Helcias, la belle Suzanne, son épouse, ne peut s'arracher de ses bras.

Leurs adieux, leurs aimables discours. Il lui promet de revenir sous peu de jours. (Sans oublier de parler déjà de la fille du frère mort de Suzanne, qui la nommera sa sœur, enfant de dix ans qui doit faire un rôle charmant dans cet ouvrage.) Joachim part. Tous ses esclaves, tous les Hébreux lui souhaitent un heureux voyage et un prompt retour. Ils le voient partir avec peine. Deux seulement s'en réjouissent : ce sont deux vieillards pervers et méchants, juges du peuple et hypocrites de vertu. Leurs anges, qui sont du nombre des anges que le Fils de Dieu

précipita dans les enfers, lorsque... (imiter Milton), ont
fait parvenir à Joachim de fausses alarmes, pour l'écarter
et servir les desseins des impudiques vieillards. L'un est
un tel, l'autre est un tel. La chaste et vertueuse beauté a
allumé dans leurs cœurs une incestueuse flamme. Le
bonheur d'un couple de gens de bien a produit sur eux
l'effet qu'il produit toujours sur des méchants : l'envie et
la rage de le troubler. Dès longtemps, ils en cherchent les
moyens. Jadis, à l'insu l'un de l'autre, ils enfantaient les
mêmes projets. Depuis, les deux méchants se sont recon-
nus, et ils méditent ensemble leurs coupables desseins.
Sous le voile de l'amitié, ils se sont insinués chez Joachim.
Ils le louent, ils lui demandent ses conseils pour juger le
peuple. Ainsi, chaque jour, ils repaissent leurs infâmes
regards de la vue de sa belle épouse, dont l'âme, pure
comme le ciel, leur savait gré de leur tendresse pour son
époux. Elle les reçoit avec un sourire, et ne soupçonne
pas que ses yeux puissent leur inspirer leur crime.

. . . . Et quand la nuit tranquille
Commençait de s'asseoir sur les tours de la ville,
Tous les deux, se glissant par des chemins divers,
Retournent vers ce toit où leur âme est aux fers.
Au seuil de Joachim ils arrivent ensemble,
Se rencontrent. Chacun veut fuir, recule, tremble,
Craint les regards de l'autre, inquiet, incertain,
Confus de son silence. Et Manassès enfin :
— Mais, Séphar, je croyais qu'au sein de ta famille
Tu pressais dans tes bras et ta femme et ta fille.
J'attendais peu qu'ici, pour ne te rien céler...
— Toi-même, dit Séphar, qui peut t'y rappeler ?
Joachim est absent, tu le sais... Dans ton âme,
Peut-être pensais-tu que l'amour de sa femme
L'a déjà, malgré lui... — Non, non, dit Manassès
Pour un plus long séjour j'ai vu tous ses apprêts.

Je venais... Sur ce seuil c'est lui qui me rappelle.
Il se peut que déjà quelque esclave fidèle
Soit venu. » Mais Séphar sourit et l'interrompt,
Et d'un regard perçant, et secouant le front :
« Va, je sais quel projet t'amène et te tourmente ;
Joachim est absent, mais Suzanne est présente,
Suzanne !... Manassès, tu l'aimes, je le voi.
Mais j'ai des yeux aussi ; je l'aime comme toi.
— Oui, tu dis vrai, Séphar ; oui, je l'aime. Et je doute
Que pour toi contre moi... — Tiens, Manassès, écoute :
Nous régnons sur le peuple unis jusqu'aujourd'hui ;
C'est par là, tu le sais, que nous régnons sur lui.
Tu me hais, je te hais. Si tu veux me détruire,
Tu le peux. Si je veux, je puis aussi te nuire.
Mais, ennemis secrets ou sincères amis,
Toujours même intérêt nous force d'être unis.
Les attraits d'une femme ont fasciné ta vue :
A ses attraits aussi mon âme s'est émue.
Nous sommes vieux tous deux. Mais quel œil peut la
Sans pétiller d'amour, de jeunesse, d'espoir ?   [voir
Ne soyons point jaloux. Faut-il qu'un de nous pleure ?
Pour qu'elle soit à l'un, faut-il que l'autre meure ?
Quand j'aurai de ma soif dans ses embrassements
Rassasié les feux et les emportements,
Envîrai-je qu'un autre, altéré de ma proie,
Aille aussi dans ses bras chercher la même joie ?
Va, tu peux sur sa bouche éteindre tes ardeurs ;
Je peux de mon amour épuiser les fureurs,
Sans qu'elle ait rien perdu de sa beauté suprême.
Nous la retrouverons tout entière la même.
Aidons-nous : ce trésor peut suffire à tous deux ;
Elle possède assez pour faire deux heureux.

Il dit, et sur les plis de leurs sombres visages
Éclate un noir sourire. — Oui, Séphar, soyons sages,
Dit Manassès. Aimons, ne soyons point amis ;
Et, pour tromper toujours, soyons toujours unis.
Laissons à l'inquiète et vaine adolescence
De ses amours jaloux l'enfantine imprudence.
Viens ; au sortir du temple où ces temps malheureux
Attirent plus souvent les timides Hébreux,
Nous irons concerter chez moi, dans le mystère,
Les moyens de séduire et de nous satisfaire.

Cependant on va au temple. Un jeune prophète éloquent, âgé de quatorze ans (Daniel), y explique la loi. Il
s'est déjà rendu célèbre par sa liberté avec les rois et...
Tout le peuple accourt... Suzanne avec toute sa maison
et sa jeune sœur... Description de sa démarche et de sa
contenance. Tout le peuple la respecte, l'admire en la
regardant marcher, et ils se disent l'un à l'autre : « Certes,
il n'y avait que Joachim qui méritât cette femme. Et sans
cette femme, il n'y avait point d'épouse pour Joachim ; »
et ils bénissent les cheveux blancs du bon Helcias, qui
pleure de joie en regardant sa fille. Le jeune prophète
chante ainsi : « sur la captivité des Juifs..., description ;
et sur ce que l'iniquité des hypocrites a été cause... » (Imiter Milton et les livres juifs). Suzanne rentre chez elle...:
elle se couche..., et, dans l'absence de son mari, on dresse
à côté d'elle un lit pour sa jeune sœur... Son sommeil est
troublé... Description... Elle se réveille... ; elle s'écrie :
« Dieu ! quelles agitations inquiètes ! pourtant je suis
sans remords. Le crime, si le crime existe, est étranger
à mon cœur... » Son discours réveille sa jeune sœur qui
dormait à côté d'elle... Description de son doux et aimable
sommeil... Son discours touchant et enfantin... « Si elle
est malade... » (en tutoyant comme dans tout l'ouvrage).
Suzanne répond... Elle ne peut se rendormir ; elle appelle
son esclave chérie, qui se nomme... Elle lui fait part de
ses insomnies ;... elle veut descendre dans ses jardins.

CHANT II

Description délicieuse des jardins, la nuit... Les anges
bienfaisants y voltigent : c'est l'air frais... Les mauvais
anges, sous de vilaines formes, serpents, autres... Là,
Suzanne se promène avec ses esclaves. Elles s'asseyent et
chantent alternativement (imiter le Cantique des Canti-
ques). Au matin, elle se recouche. Là, on peut mettre
l'ange de Suzanne et les autres bons anges chantant un
court cantique à l'aurore. Celui de Suzanne va trouver
celui de la jeune sœur ; et, l'appelant mon frère... Ils auront
entendu les deux mauvais anges des vieillards se féliciter
de ce que Suzanne va souffrir ; ils s'avancent vers le trône
de Dieu pour lire dans sa volonté ; mais ils le voient toujours jeter des yeux de bonté sur elle... — Les vieillards
viennent le matin ; ils entrent sans être vus, en se glissant...
Ils se promènent longtemps dans les jardins en rêvant à
leurs projets, incertains, inquiets. Mais, disent-ils, elle sourit quand nous arrivons... ; et puis, toutes les femmes sont
séduites, pourvu qu'on les flatte... Ils passent là tout le
jour...

CHANT III

Le soir, comme dans l'Écriture, elle vient se baigner...
Elle renvoie une esclave... « Va, laisse-moi ici chanter à
Dieu... » L'esclave obéit...

. . . . . .

Et s'éloigne. A loisir les infâmes vieillards
S'enivrent quelque temps d'impudiques regards.
Ils attendent qu'au ciel la belle vertueuse
Offre les doux transports de son âme pieuse ;
Qu'elle rêve à l'époux cher à son souvenir,
Que son esclave enfin n'ait plus à revenir :
Puis, comme deux serpents à l'haleine empestée,
Quittant les noirs détours d'une rive infectée,
Fondent sur un enfant qui dort au fond d'un bois,

Ainsi de leur retraite ils sortent à la fois,
Et sur elle avançant leur main vile et profane :
« Viens, sois à nous, ô belle, ô charmante Suzanne !
Viens, nul mortel ne sait qu'en ce lieu écarté
Nous avons... » A ce bruit, l'innocente beauté
Rougit, tremble, pâlit, se retourne, s'étonne,
Se courbe, au fond de l'eau se plonge, s'environne,
Et mourante, ses bras contre son sein pressés,
Et ses yeux, et ses cris vers le ciel élancés :
« Dieu, grand Dieu ! sauve-moi ; grand Dieu ! Dieu
                                          [secourable
Couvre-moi d'un rempart, d'un voile impénétrable ;
Tonne, ouvre-moi la terre, ouvre-moi les enfers,
Cache-moi dans ton sein. Sur eux, sur ces pervers
Jette l'aveuglement, la nuit, la nuit subite
Dont tu frappas jadis une ville maudite.
Dieu ! grand Dieu !... » Les vieillards, inquiets, frémi-
                                          [sants.
Lui murmurent tout bas vingt discours menaçants.
Ils iront ; des jardins ils ouvriront la porte ;
Ils sauront appeler une nombreuse escorte ;
Ils diront qu'en ce lieu, conduits par des hasards,
Suzanne dans le crime a frappé leurs regards.
« Oui, crains notre vengeance ; obéis. Tais-toi, cède...
Mais sans les écouter : « Grand Dieu ! viens à mon aide,
Dieu juste, anges du ciel, criait-elle toujours,
Joachim ! Joachim ! oh ! viens à mon secours ! »

Son esclave fidèle vole... ; mais un des vieillards avait
déjà ouvert la porte, il était revenu, et tous deux... « Nous
venions nous informer de Joachim... ; nous t'avons trouvée
dans les bras d'un jeune homme... La loi !... O malheureux Joachim ! »

CHANT IV

Mais les vieillards ont parlé au peuple... « Peuple, un grand malheur est arrivé !... La fille d'Helcias, l'épouse de Joachim, Suzanne, est adultère !... Nous l'avons vue !... La loi !... » Le peuple, toujours crédule, dupe de leur fausse vertu, d'ailleurs toujours prompt à haïr ce qu'il est forcé d'admirer, s'assemble en tumulte devant la maison...

CHANT V

On vient la chercher... Elle marche au supplice,... la tête penchée sur son sein ; pâle, mais tranquille comme l'innocence. Ses esclaves, sa sœur, son père... Les vieillards lui lancent des regards de vile méchanceté satisfaite... Mais Joachim a trouvé ses richesses ; il revient avec des chameaux chargés de trésors... Les présents qu'il destine à sa femme... Il arrive... Il voit une grande foule... Le premier qu'il interroge voudrait pouvoir lui taire : « Joachim ! une épouse, une épouse adultère ! » Joachim l'éloigne. « Malheureuse, dit-il, sans doute, son époux ne l'aura pas aimée, ne lui aura pas été fidèle, comme Joachim à sa belle Suzanne... Peut-être un autre époux aurait eu en elle une autre Suzanne... » Il approche... Il voit la belle, innocente... ; il tombe à terre demi-mort, en s'écriant : « Ah ! malheureux !... » On l'emporte. Elle le suit des yeux en disant : « Toi, Joachim, aussi, tu me juges coupable ? — Non, dit sa jeune sœur, non, peuple ; on vous abuse... »

CHANT VI

Mais les hommes se plaindraient si le crime opprimait toujours l'innocence. L'Éternel était content de l'épreuve. Il appela l'ange tout de feu qui anime les prophètes. « Va, lui dit-il, trouver le jeune Daniel, et révèle-lui la vérité. Qu'il parle et qu'il punisse. » Le jeune Daniel, mêlé dans la foule du peuple, s'était levé sur ses pieds pour voir la condamnée. « Non, s'était-il dit à lui-même cette physionomie n'est point celle d'une femme coupable... » Il s'était élancé hors de la foule en criant : « Peuple, je suis innocent du meurtre que vous allez commettre. » Tout à coup l'esprit divin descendit sur lui, éclaira ses yeux, le fit lire dans les âmes, à travers le voile de chair et d'os qui les couvre. Il vit avec ravissement l'état de pureté de l'âme de Suzanne. Il frémit en voyant celle des vieillards, noire d'imposture et de vices, semblable au lac Asphaltite. « Arrêtez, arrêtez ! s'écria-t-il, insensés que vous êtes !... vous êtes dupes de scélérats !... Suzanne est innocente !... »

— Les morceaux du Cantique à imiter au deuxième chant sont ceux où Elle court après Lui, et quand il répond, ce sera l'esclave. Puis Suzanne priera les jeunes filles de Jérusalem de le chercher avec elle, et l'esclave répondra : « Celui que tu cherches, ô la plus belle des femmes... »
Parler des divinités babyloniennes et de leurs fêtes impudiques.

La grâce mignarde et affectée des filles de Babylone, la mollesse et l'impudicité de leurs fêtes, feront un beau contraste avec les mœurs et la physionomie de Suzanne.

L'ART D'AIMER

FRAGMENTS

I

Flore met plus d'un jour à finir une rose.
Plus d'un jour fait l'ombrage où Palès se repose ;
Et plus d'un soleil dore, au penchant des coteaux,
Les grappes de Bacchus, ces rivales des eaux.
Qu'ainsi ton doux projet en silence mûrisse,
Que sous tes pas certains la route s'aplanisse,

Qu'un œil sûr te dirige ; et de loin, avec art,
Dispose ces ressorts que l'on nomme hasard.
Mais souvent un jeune homme, aspirant à la gloire
De venir, voir, et vaincre, et prôner sa victoire,
Vole, et hâtant l'assaut qu'il eût dû préparer,

. . . .

L'imprudent a voulu cueillir avant l'automne
L'espoir à peine éclos d'une riche Pomone ;
Il a coupé ses blés quand les jeunes moissons
Ne passaient point encore les timides gazons.
Le danger, c'est ainsi que leur bouche l'appelle,
D'abord effraie ou semble effrayer une belle ;
Prudence, adresse, temps, savent l'accoutumer
A le voir sans le craindre et bientôt à l'aimer.

II

Quand Junon sur l'Ida plut au maître du monde,
Xanthus l'avait tenue au cristal de son onde,
Et sur sa peau vermeille une savante main
Fit distiller la rose et les flots du jasmin.
Cultivez vos attraits ; la plus belle nature
Veut les soins délicats d'une aimable culture.
Mais si l'usage est doux, l'abus est odieux.
Des parfums entassés l'amas fastidieux,
De la triste laideur trop impuissantes¹ armes,
A d'indignes soupçons exposerait vos charmes.
Que dans vos vêtements le goût seul consulté
N'étale qu'élégance et que simplicité.
L'or ni les diamants n'embellissent les belles ;
Le goût est leur richesse, et, tout-puissant comme elles,
Il sait créer de rien leurs plus beaux ornements ;

Et tout est sous ses doigts l'or et les diamants.
J'aime un sein qui palpite et soulève une gaze.
L'heureuse volupté se plaît, dans son extase,
A fouler mollement ces habits radieux
Que déploie au Cathay le ver industrieux.
Le coton mol et souple, en une trame habile,
Sur les bords indiens, pour vous prépare et file
Ce tissu transparent, ce réseau de Vulcain,
Qui, perfide et propice à l'amant incertain,
Lui semble un voile d'air, un nuage liquide,
Où Vénus se dérobe et fuit son œil avide.

III

Si d'un mot échappé l'outrageuse rudesse
A pu blesser l'amour et sa délicatesse,
Immobile il gémit ; songe à tout expier.
Sans doute, sans réserve, il faut s'humilier ;
Tombe même à genoux, bien loin de te défendre ;
Tu le verras soudain plus amoureux, plus tendre,
Courir et t'arrêter, et lui-même à genoux
Accuser en pleurant son injuste courroux.
Mais souvent malgré toi, sans fiel ni sans injure,
Ta bouche d'un trait vif aiguise la piqûre ;
Le trait vole, tu veux le rappeler en vain ;
Ton amant consterné dévore son chagrin :
Ou bien d'un dur refus l'inflexible constance
De ses feux tout un jour a trompé l'espérance.
Il boude ; un peu d'aigreur, un mot même douteux
Peut tourner la querelle en débat sérieux.
Oh ! trop heureuse alors si, pour fuir cet orage,
Les Grâces t'ont donné leur divin badinage ;

Cet air humble et soumis de n'oser l'approcher,
D'avoir peur de ses yeux et de t'aller cacher,
Et de mille autres jeux l'inévitable adresse,
De mille mots plaisants l'aimable gentillesse,
Enfin tous ces détours dont le charme ingénu
Fait éclater un rire à peine retenu.
Il t'embrasse, il te tient, plus que jamais il t'aime ;
C'est ton tour maintenant de le bouder lui-même.
Loin de s'en effrayer, il rit, et mes secrets
L'ont instruit des moyens de ramener la paix.

. . . .

Sache inventer pour lui mille tendres folies.
Il faut, en le grondant, le serrer dans tes bras ;
Lui dire, en le baisant, que tu ne l'aimes pas ;
Et les reproches feints, la colère badine ;
Et des mots caressants la mollesse enfantine,
Et de mille baisers l'implacable fureur.

. . . .

IV

Crains que l'ennui fatal dans son cœur introduit
Puisse compter les pas de l'heure qui s'enfuit.
Il est pour la tromper un aimable artifice ;
Amuse-la des jeux qu'invente le caprice,
Lasse sa patience à mille tours malins,
Ris et de sa faiblesse et de ses cris mutins.
Tu braves tant de fois sa menace éprouvée,
Elle vole, tu fuis ; la main déjà levée,
Elle te tient, te presse ; elle va te punir,
Mais vos bouches déjà ne cherchent qu'à s'unir.
Le ciel d'un feu plus beau luit après un orage.

L'amour fait à Paphos naître plus d'un nuage,
Mais c'est le souffle pur qui rend l'éclat à l'or,
Et la peine en amour est un plaisir encor.
Le hasard à ton gré n'est pas toujours docile.
Une belle est un bien si léger, si mobile !
Souvent tes doux projets, médités à loisir,
D'avance destinaient la journée au plaisir ;
Non, elle ne veut pas. D'autres soins occupée,
Tu vois avec douleur ton attente échappée.
Surtout point de contrainte. Espère un plus beau jour.
Imprudent qui fatigue et tourmente l'amour.
Essaye avec les pleurs, les tendres doléances,
De faire à ses desseins de douces violences.
Sinon, tu vas l'aigrir ; tu te perds. La beauté,
Je te l'ai fait entendre, aime sa volonté.
Son cœur impatient, que la contrainte blesse,
Se dépite : il est dur de n'être pas maîtresse.
Prends-y garde : une fois le ramier envolé
Dans sa cage confuse est en vain rappelé.
Cède ; assieds-toi près d'elle ; et, soumis avec grâce
D'un ton un peu plus froid, sans aigreur ni menace
Dis-lui que de tes vœux son plaisir est la loi.
Va, tu n'y perdras rien, repose-toi sur moi.
Complaisance a toujours la victoire propice.
Souvent de tes désirs l'utile sacrifice,
Comme un jeune rameau planté dans la saison,
Te rendra de doux fruits une longue moisson.

V

Flore a pour les amants ses corbeilles fertiles ;
Et les fleurs, dans leurs jeux, ne sont pas inutiles.

Les fleurs vengent souvent un amant courroucé
Qui feint sur un seul mot de paraître offensé
Il poursuit son espiègle, il la tient, il la presse ;
Et, fixant de ses flancs l'indocile souplesse,
D'un faisceau de bouquet en cachette apporté
Châtie, en badinant, sa coupable beauté ;
La fait taire et la gronde, et d'un maître sévère
Imite, avec amour, la plainte et la colère ;
Et négligeant ses cris, sa lutte, ses transports,
Arme le fouet léger de rapides efforts,
Frappe et frappe sans cesse, et s'irrite et menace,
Et force enfin sa bouche à lui demander grâce.
Telle Vénus souvent, aux genoux d'Adonis,
Vit des taches de rose empreintes sur ses lis.
Tel l'Amour, enchanté d'un si doux badinage,
Loin des yeux de sa mère, en un charmant rivage,
Caressait sa Psyché dans leurs jeux enfantins,
Et de lacets dorés chargeait ses belles mains.

Fontenay ! lieu qu'Amour fit naître avec la rose,
J'irai (sur cet espoir mon âme se repose),
J'irai te voir, et Flore et le ciel qui te luit.
Là je contemple enfin (ma déesse m'y suit),
Sur un lit que je cueille en tes riants asiles,
Ses appas, sa pudeur, et ses fuites agiles,
Et dans la rose en feu l'albâtre confondu,
Comme un ruisseau de lait sur la pourpre étendu.

VI

Quand l'ardente saison fait aimer les ruisseaux,
A l'heure où, vers le soir, cherchant le frais des eaux,

La belle nonchalante à l'ombre se promène ;
Que sa bouche entr'ouverte et que sa pure haleine,
Et son sein plus ému de tendresse et de vœux,
Appellent le baiser et respirent ses feux ;
Que l'amant peut venir, et qu'il n'a plus à craindre
La raison qui mollit et commence à le plaindre ;
Que sur tout son visage, ardente et jeune fleur,
Se répand un sourire insensible et rêveur ;
Que son cou faible et lent ne soutient plus sa tête ;
Que ses yeux, dans sa course incertaine et muette,
Sous leur longue paupière à peine ouverte au jour
Languissent mollement et sont noyés d'amour.

VII

Oui, jusque dans sa robe et le contour de lin
Que presse la ceinture au-dessous de son sein,
Sans avoir son aveu, ta bouche pétulante
A cherché la fraîcheur de sa gorge naissante.
Sur les deux ramiers blancs le vautour indompté,
Sur les deux ramiers blancs il s'est précipité,
Les deux oiseaux jumeaux qu'un même nid rassemble
Qui se cachent tous deux, qui s'élèvent ensemble,
Dont le bec est de rose, et que l'œil plein d'ardeur
Poursuit, touche de loin, et qui troublent le cœur.
Sa robe au gré du vent derrière elle flottante,
En replis ondoyants mollement frémissante,
S'insinue, et la presse, et laisse voir aux yeux
De ses genoux charmants les contours gracieux.

THÉATRE

COMÉDIES ET SATYRES

(Les « Satyres » combinent une action dialoguée avec les évolutions et les chants d'un chœur, à la manière des anciens Grecs.)

Il n'y a guère eu que Molière chez les modernes qui eût un véritable génie comique, et qui ait vu la comédie en grand. Plusieurs autres ont fait chacun une ou deux excellentes pièces. Mais lui seul était né poète comique.

Il faut refaire des comédies à la manière antique. Plusieurs personnes s'imagineraient que je veux dire par là qu'il faut y peindre les mœurs antiques. Je veux dire précisément le contraire.

LES CHARLATANS

Prologue.

Bonjour, salut. Paix ! je suis l'orateur,
Ou le prologue envoyé de l'auteur.
Si vous avez feuilleté quelques pages,
Tout ce cortège aux folâtres visages,
Ces chœurs dansants, et ces ris un peu fous,

Vous font juger assez que devant vous
Se vient montrer la gente comédie ;
Non, cette froide, insipide, étourdie,
Qui ne dit rien, et se pare aujourd'hui
De mots fardés, de grimace, d'ennui,
De plats sermons ; mais celle que l'Attique
Vit s'agiter sur son théâtre antique.
Le bon rimeur qui fait que nous voici
A d'autres Dieux fut dévôt jusqu'ici.
Ses vers, amants des forêts solitaires,
S'embellissaient d'études plus sévères.
Mais de sa route il faut quelques instants
Qu'il se détourne. Un tas de charlatans,
De vils escrocs à qui chacun fait fête,
Ont de sa bile excité la tempête.
Or, comme il faut, pour flétrir ces pervers,
Les saupoudrer de caustiques amers,
Il veut contre eux pour signaler sa haine
Ressusciter la scène athénienne.
Et c'est par nous qu'étalant une voix
Neuve aujourd'hui, populaire autrefois,
Il les fustige, et sur leur dos profane
Fait pétiller le sel d'Aristophane.
Ce Grec railleur, une fois trop mordant,
Contre Socrate envenima sa dent.
Mais il eut tout, esprit, force, harmonie,
Invention, gaîté, grâce, génie.
De son vers fin les âcres aiguillons
Faisaient merveille à larder les félons.
Et suis marri que notre grand Voltaire,
Que l'on croit plus qu'à Rome le saint-père,
A tout propos nous le dénigre, au lieu

D'étudier pour le connaître un peu.
De ce rieur que chérissait la Grèce
Il eut l'esprit, la verve, la finesse ;
Faut-il soi-même (et c'est ce qu'il fait, lui)
Se souffleter sur la face d'autrui ?
Sus. Ouvrez donc de grands yeux. Notre scène
Va vous offrir toute la vie humaine :
Vous, vos amis ; miracles et jongleurs,
Songes, esprits, prophètes, bateleurs,
Contes sacrés, sottises qu'il faut croire,
Dupes, fripons. Bref, toute votre histoire ;
Si, qu'entre vous vous regardant au nez,
Vous rirez bien de vous voir bien bernés.
Mais quoi ! j'entends une gent débonnaire
Qui vient me dire : — Hélas ! comment se plaire
Aux petits vers qui fessent le prochain ?
— Oui. Mais que diable ! on se lasse à la fin.
Je sais qu'il est permis d'être un peu bête.
Mais quand partout, prêt à courber la tête,
Le genre humain de boue enseveli,
Bien orgueilleux d'être bien avili,
Lèche en tremblant toute main qui l'assomme,
L'honneur s'en mêle. Alors en honnête homme
Ne peut-on pas, les verges à la main,
D'un vers aigu fesser le sot prochain,
Le démasquer, et lui faire connaître
Qu'on le connaît ? — Il rougira, peut-être.
— Mes chers amis, rougissez, rougissez,
Je vous connais, et vous serez fessés.
Pour votre bien il faut qu'on vous étrille.
Confessez-moi votre humble peccadille.
Eh bien ? partout mensonge respecté,

13

Fourbe adorée et bon sens insulté !
Sottise altière, et de soi-même enflée !
Raison proscrite et vérité sifflée !
Et vous absoudre après cela ? non pas,
Non, je ne puis. Trop énorme est le cas,
Venez, venez. Sur votre large échine,
Je vous prépare un peu de discipline.
Aussi dit-on qu'il faut, en bon chrétien,
Bien châtier ceux-là qu'on aime bien.
Mes bien-aimés, le fouet qui va vous cuire
Vous instruira, si l'on peut vous instruire ;
Si, par après, malgré mes soins pieux,
Bien corrigés vous ne valez pas mieux,
A votre dam. Vôtre sera la honte,
Et devant Dieu je n'en rendrai point compte.
J'accuserai votre esprit corrompu ;
Car j'aurai fait tout ce que j'aurai pu.

HYMNES

A LA JUSTICE

France ! ô belle contrée, ô terre généreuse,
Que les Dieux complaisants formaient pour être heu,
                                        [reuse-
Tu ne sens point du nord les glaçantes horreurs,
Le midi de ses feux t'épargne les fureurs.
Tes arbres innocents n'ont point d'ombres mortelles ;
Ni des poisons épars dans tes herbes nouvelles
Ne trompent une main crédule ; ni tes bois
Des tigres frémissants ne redoutent la voix ;
Ni les vastes serpents ne traînent, sur tes plantes,
En longs cercles hideux leurs écailles sonnantes.

Les chênes, les sapins et les ormes épais
En utiles rameaux ombragent tes sommets,
Et de Beaune et d'Aï les rives fortunées,
Et la riche Aquitaine, et les hauts Pyrénées,
Sous leurs bruyants pressoirs font couler en ruisseaux

Des vins délicieux mûris sur leurs coteaux.
La Provence odorante et de Zéphyre aimée
Respire sur les mers une haleine embaumée,
Au bord des flots couvrant, délicieux trésor,
L'orange et le citron de leur tunique d'or ;
Et plus loin, au penchant des collines pierreuses,
Forme la grasse olive aux liqueurs savonneuses
Et ces réseaux légers, diaphanes habits,
Où la fraîche grenade enferme ses rubis.
Sur tes rochers touffus la chèvre se hérisse,
Tes prés enflent de lait la féconde génisse ;
Et tu vois tes brebis, sur le jeune gazon,
Épaissir le tissu de leur blanche toison.
Dans les fertiles champs voisins de la Touraine,
Dans ceux où l'Océan boit l'urne de la Seine,
S'élèvent pour le frein des coursiers belliqueux.
Ajoutez cet amas de fleuves tortueux :
L'indomptable Garonne aux vagues insensées,
Le Rhône impétueux, fils des Alpes glacées.
La Seine au flot royal, la Loire dans son sein
Incertaine, et la Saône, et mille autres enfin
Qui nourrissent partout, sur tes nobles rivages,
Fleurs, moissons et vergers et bois et pâturages ;
Rampent au pied des murs d'opulentes cités,
Sous les arches de pierre à grand bruit emportés.

Dirai-je ces travaux, source de l'abondance,
Ces ports où des deux mers l'active bienfaisance
Amène les tributs du rivage lointain
Que visite Phébus le soir ou le matin ?
Dirai-je ces canaux, ces montagnes percées,
De bassins en bassins ces ondes amassées

Pour joindre au pied des monts l'une et l'autre Thétis ?
Et ces vastes chemins en tous lieux départis,
Où l'étranger, à l'aise achevant son voyage,
Pense au nom des Trudaine et bénit leur ouvrage ?

Ton peuple industrieux est né pour les combats.
Le glaive, le mousquet n'accablent point ses bras.
Il s'élance aux assauts, et son fer intrépide
Chassa l'impie Anglais, usurpateur avide.
Le ciel les fit humains, hospitaliers et bons ;
Amis des doux plaisirs, des festins, des chansons ;
Mais faibles opprimés, la tristesse inquiète
Glace ces chants joyeux sur leur bouche muette,
Pour les jeux, pour la danse appesantit leurs pas,
Renverse devant eux les tables des repas,
Flétrit de longs soucis, empreinte douloureuse,
Et leur front et leur âme. O France ! trop heureuse,
Si tu voyais tes biens, si tu profitais mieux
Des dons que tu reçus de la bonté des cieux

Vois le superbe Anglais, l'Anglais dont le courage
Ne s'est soumis qu'aux lois d'un sénat libre et sage,
Qui t'épie, et, dans l'Inde éclipsant ta splendeur,
Sur tes fautes sans nombre élève sa grandeur.
Il triomphe, il t'insulte. Oh ! combien tes collines
Tressailliraient de voir réparer tes ruines,
Et pour la liberté donneraient sans regrets,
Et leur vin, et leur huile, et leurs belles forêts !
J'ai vu dans tes hameaux la plaintive misère,
La mendicité blême et la douleur amère.
Je t'ai vu dans tes biens, indigent laboureur,
D'un fisc avare et dur maudissant la rigueur,

Versant aux pieds des grands des larmes inutiles,
Tout trempé de sueurs pour toi-même infertiles,
Découragé de vivre, et plein d'un juste effroi
De mettre au jour des fils malheureux comme toi ;
Tu vois sous les soldats les villes gémissantes ;
Corvée, impôts rongeurs, tributs, taxes pesantes,
Le sel, fils de la terre, ou même l'eau des mers,
Source d'oppression et de fléaux divers ;
Vingt brigands, revêtus du nom sacré du prince,
S'unir et déchirer une triste province,
Et courir à l'envi, de son sang altérés,
Se partager entre eux ses membres déchirés ;
O sainte égalité ! dissipe nos ténèbres,
Renverse les verrous, les bastilles funèbres,
Le riche indifférent, dans un char promené,
De ces gouffres secrets partout environné,
Rit avec les bourreaux, s'il n'est bourreau lui-même ;
Près de ces noirs réduits de la misère extrême,
D'une maîtresse impure achète les transports,
Chante sur des tombeaux, et boit parmi des morts.

Malesherbes, Turgot, ô vous en qui la France
Vit luire, hélas ! en vain, sa dernière espérance ;
Ministres dont le cœur a connu la pitié,
Ministres dont le nom ne s'est point oublié ;
Ah ! si de telles mains, justement souveraines,
Toujours de cet empire avaient tenu les rênes !
L'équité clairvoyante aurait régné sur nous,
Le faible aurait osé respirer près de vous.
L'oppresseur, évitant d'armer de justes plaintes,
Sinon quelque pudeur, aurait eu quelques craintes.
Le délateur impie, opprimé par la faim,

Serait mort dans l'opprobre ; et tant d'hommes enfin,
A l'insu de nos lois, à l'insu du vulgaire,
Foudroyés sous les coups d'un pouvoir arbitraire,
De cris non entendus, de funèbres sanglots,
Ne feraient point gémir les voûtes des cachots.

Non, je ne veux plus vivre en ce séjour servile ;
J'irai, j'irai bien loin me chercher un asile,
Un asile à ma vie en son paisible cours,
Une tombe à ma cendre à la fin de mes jours,
Où d'un grand au cœur dur l'opulence homicide
Du sang d'un peuple entier ne sera point avide,
Et ne me dira point, avec un rire affreux,
Qu'ils se plaignent sans cesse et qu'ils sont trop heureux ;
Où, loin des ravisseurs, la main cultivatrice
Recueillera les dons d'une terre propice ;
Où mon cœur, respirant sous un ciel étranger,
Ne verra plus des maux qu'il ne peut soulager ;
Où mes yeux éloignés des publiques misères
Ne verront plus partout les larmes de mes frères,
Et la pâle indigence à la mourante voix,
Et les crimes puissants qui font trembler les lois.

Toi donc, Équité sainte, ô toi, vierge adorée,
De nos tristes climats pour longtemps ignorée,
Daigne du haut des cieux goûter le noble encens
D'une lyre au cœur chaste, aux transports innocents
Qui ne saura jamais, par des vœux mercenaires,
Flatter, à prix d'argent, des faveurs arbitraires ;
Mes qui rendra toujours, par amour et par choix,

Un noble et pur hommage aux appuis de tes lois.
De vœux pour les humains tous ses chants retentissent :
La vérité l'enflamme, et ses cordes frémissent,
Quand l'air qui l'environne auprès d'elle a porté
Le doux nom des vertus et de la liberté.

ODES

I

LE JEU DE PAUME

A LOUIS DAVID, PEINTRE

(Publié en 1791 avec le nom de l'auteur, chez Bleuet, rue Dauphine.)

I

Reprends ta robe d'or, ceins ton riche bandeau,
          Jeune et divine poésie :
Quoique ces temps d'orage éclipsent ton flambeau,
Aux lèvres de David, roi du savant pinceau,
          Porte la coupe d'ambroisie.
La patrie, à son art indiquant nos beaux jours,
     A confirmé mes antiques discours :
Quand je lui répétais que la liberté mâle
          Des arts est le génie heureux ;
Que nul talent n'est fils de la faveur royale ;
          Qu'un pays libre est leur terre natale,

Là, sous un soleil généreux,
Ces arts, fleurs de la vie et délices du monde,
Forts, à leur croissance livrés,
Atteignent leur grandeur féconde.
La palette offre l'âme aux regards enivrés.
Les antres de Paros de Dieux peuplent la terre.
L'airain coule et respire. En portiques sacrés
S'élancent le marbre et la pierre.

II

Toi-même, belle vierge à la touchante voix,
Nymphe ailée, aimable sirène,
Ta langue s'amollit dans le palais des rois,
Ta hauteur se rabaisse, et d'enfantines lois
Oppriment ta marche incertaine,
Ton feu n'est que lueur, ta beauté n'est que fard.
La liberté du génie et de l'art
T'ouvre tous les trésors. Ta grâce auguste et fière
De nature et d'éternité
Fleurit. Tes pas sont grands. Ton front ceint de lumière
Touche les cieux. Ta flamme agite, éclaire,
Dompte les cœurs. La liberté,
Pour dissoudre en secret nos entraves pesantes,
Arme ton fraternel secours.
C'est de tes lèvres séduisantes
Qu'invisible elle vole, et par d'heureux détours
Trompe les noirs verrous, les fortes citadelles,
Et les mobiles ponts qui défendent les tours,
Et les nocturnes sentinelles.

III

Son règne au loin semé par tes doux entretiens
      Germe dans l'ombre au cœur des sages.
Ils attendent son heure, unis par tes liens,
Tous, en un monde à part, frères, concitoyens,
      Dans tous les lieux, dans tous les âges,
Tu guidais mon David à la suivre empressé :
      Quand, avec toi, dans le sein du passé,
Fuyant parmi les morts sa patrie asservie,
      Sous sa main, rivale des Dieux,
La toile s'enflammait d'une éloquente vie ;
      Et la ciguë, instrument de l'envie,
      Portant Socrate dans les cieux ;
Et le premier consul, plus citoyen que père,
      Rentré seul par son jugement,
      Aux pieds de sa Rome si chère
Savourant de son cœur le glorieux tourment ;
L'obole mendié seul appui d'un grand homme ;
Et l'Albain terrassé dans le mâle serment
      Des trois frères sauveurs de Rome.

IV

Un plus noble serment d'un si digne pinceau
      Appelle aujourd'hui l'industrie.
Marathon, tes Persans et leur sanglant tombeau
Vivaient par ce bel art. Un sublime tableau
      Naît aussi pour notre patrie.
Elle expirait : son sang était tari ; ses flancs
      Ne portaient plus son poids. Depuis mille ans,

A soi-même inconnue, à son heure suprême,
    Ses guides tremblants, incertains,
Fuyaient. Il fallut donc, dans le péril extrême,
    De son salut la charger elle-même.
      Longtemps, en trois races d'humains,
Chez nous l'homme a maudit ou vanté sa naissance :
      Les ministres de l'encensoir,
      Et les grands, et le peuple immense.
Tous à leurs envoyés confieront leur pouvoir.
Versailles les attend. On s'empresse d'élire ;
On nomme. Trois palais s'ouvrent pour recevoir
    Les représentants de l'empire.

V

D'abord pontifes, grands, de cent titres ornés,
    Fiers d'un règne antique et farouche,
De siècles ignorants à leurs pieds prosternés,
De richesses, d'aïeux vertueux ou prônés,
    Douce Égalité, sur leur bouche,
A ton seul nom pétille un rire âcre et jaloux.
    Ils n'ont point vu sans effroi, sans courroux,
Ces élus plébéiens, forts des maux de nos pères,
    Forts de tous nos droits éclaircis,
De la dignité d'homme, et des vastes lumières
    Qui du mensonge ont percé les barrières.
    Le sénat du peuple est assis.
Il invite en son sein, où respire la France,
    Les deux fiers sénats ; mais leurs cœurs
    N'ont que des refus. Il commence :
Il doit tout voir ; créer l'État, les lois, les mœurs.
Puissant par notre aveu, sa main sage et profonde

Veut sonder notre plaie, et de tant de douleurs
  Dévoiler la source féconde.

VI

On tremble. On croit, n'osant encor lever le bras,
  Les disperser par l'épouvante.
Ils s'assemblaient ; leur seuil méconnaissant leurs pas
Les rejette. Contre eux, prête à des attentats,
  Luit la baïonnette insolente.
Dieu ! vont-ils fuir ? Non, non. Du peuple accompagnés,
  Tous, par la ville, ils errent indignés :
Comme Latone enceinte, et déjà presque mère,
  Victime d'un jaloux pouvoir,
Sans asile flottait, courait la terre entière,
  Pour mettre au jour les Dieux de la lumière.
  Au loin fut un ample manoir,
Où le réseau noueux, en élastique égide,
  Arme d'un bras souple et nerveux
  Repoussant la balle rapide,
Exerçait la jeunesse en de robustes jeux.
Peuple, de tes élus cette retraite obscure
Fut la Délos. O murs ! temple à jamais fameux !
  Berceau des lois, sainte masure !

VII

N'allons pas d'or, de jaspe, avilir à grands frais
  Cette vénérable demeure ;
Sa rouille est son éclat. Qu'immuable à jamais
Elle règne au milieu des dômes, des palais.
  Qu'au lit de mort tout Français pleure,

S'il n'a point vu ces murs où renaît son pays.
   Que Sion, Delphe, et la Mecque, et Saïs
Aient de moins de croyants attiré l'œil fidèle.
   Que ce voyage souhaité
Récompense nos fils. Que ce toit leur rappelle
  Ce tiers état à la honte rebelle,
   Fondateur de la liberté ;
Comme en hâte arrivait la troupe courageuse,
  A travers d'humides torrents
  Que versait la nue orageuse ;
Cinq prêtres avec eux ; tous amis, tous parents,
S'embrassant au hasard dans cette longue enceinte ;
Tous jurant de périr ou vaincre les tyrans ;
  De ranimer la France éteinte ;

VIII

De ne se point quitter que nous n'eussions des lois
  Qui nous feraient libres et justes.
Tout un peuple, inondant jusqu'aux faîtes des toits,
De larmes, de silence, ou de confuses voix
  Applaudissait ces vœux augustes.
O jour ! jour triomphant ! jour saint ! jour immortel !
 Jour le plus beau qu'ait fait luire le ciel
  Depuis qu'au fier Clovis Bellone fut propice !
  O soleil ! ton char étonné
S'arrêta. Du sommet de ton brûlant solstice
Tu contemplais ce divin sacrifice !
  O jour de splendeur couronné,
Tu verras nos neveux, superbes de ta gloire,
  Vers toi d'un œil religieux
  Remonter au loin dans l'histoire.

Ton lustre impérissable, honneur de leurs aïeux,
Du dernier avenir ira percer les ombres.
Moins belle la comète aux longs crins radieux
     Enflamme les nuits les plus sombres.

IX

Que faisaient cependant les sénats séparés ?
    Le front ceint d'un vaste plumage,
Ou de mitres, de croix, d'hermines décorés,
Que tentaient-ils d'efforts pour demeurer sacrés ?
    Pour arrêter le noble ouvrage ?
Pour n'être point Français ? pour commander aux lois ?
    Pour ramener ces temps de leurs exploits,
Où ces tyrans, valets sous le tyran suprême ;
    Aux cris du peuple indifférents,
Partageaient le trésor, l'État, le diadème ?
    Mais l'équité dans leurs sanhédrins même
    Trouve des amis. Quelques grands,
Et des dignes pasteurs une troupe fidèle,
    Par ta céleste main poussés,
    Conscience, chaste immortelle,
Viennent aux vrais Français, d'attendre enfin lassés,
Se joindre, à leur orgueil abandonnant des prêtres
D'opulence perdus, des nobles insensés
    Ensevelis dans leurs ancêtres.

X

Bientôt ce reste même est contraint de plier.
    O raison ! divine puissance !
Ton souffle impérieux dans le même sentier

Les précipite tous. Je vois le fleuve entier
  Rouler en paix son onde immense,
Et dans ce lit commun tous ces faibles ruisseaux
  Perdre à jamais et leurs noms et leurs eaux.
O France ! sois heureuse entre toutes les mères.
  Ne pleure plus des fils ingrats,
Qui jadis s'indignaient d'être appelés nos frères ;
  Tous revenus des lointaines chimères,
  La famille est toute en tes bras.
Mais que vois-je ? ils feignaient ? Aux bords de notre
  Pourquoi ces belliqueux apprêts ? [Seine
  Pourquoi vers notre cité reine
Ces camps, ces étrangers, ces bataillons français
Traînés à conspirer au trépas de la France ?
De quoi rit ce troupeau d'unuques du palais ?
  Riez, lâche et perfide engeance !

XI

D'un roi facile et bon corrupteurs détrônés,
  Riez ; mais le torrent s'amasse.
Riez ; mais du volcan les feux emprisonnés
Bouillonnent. Des lions si longtemps enchaînés
  Vous n'attendiez plus tant d'audace !
Le peuple est réveillé. Le peuple est souverain.
  Tout est vaincu. La tyrannie en vain,
Monstre aux bouches de bronze, arme pour cette guerre
  Ses cent yeux, ses vingt mille bras,
Ses flancs gros de salpêtre où mugit le tonnerre :
  Sous son pied faible elle sent fuir sa terre,
  Et meurt sous les pesants éclats
Des créneaux fulminants, des tours et des murailles

Qui ceignaient son front détesté.
Déraciné dans ses entrailles,
L'enfer de la Bastille, à tous les vents jeté,
Vole, débris infâme et cendre inanimée ;
Et de ces grands tombeaux, la belle Liberté,
Altière, étincelante, armée,

XII

Sort. Comme un triple foudre éclate au haut des cieux
Trois couleurs dans sa main agile
Flottent en long drapeau. Son cri victorieux
Tonne. A sa voix, qui sait, comme la voix des Dieux
En homme transformer l'argile,
La terre tressaillit. Elle quitta son deuil.
Le genre humain d'espérance et d'orgueil
Sourit. Les noirs donjons s'écroulèrent d'eux-mêmes.
Jusque sur les trônes lointains
Les tyrans ébranlés, en hâte à leurs fronts blêmes,
Pour retenir leurs tremblants diadèmes,
Portèrent leurs royales mains.
A son souffle de feu, soudain de nos campagnes
S'écoulent les soldats épars
Comme les neiges des montagnes,
Et le fer ennemi tourné vers nos remparts,
Comme aux rayons lancés du centre ardent d'un verre,
Tout à coup à nos yeux fondu de toutes parts,
Fuit et s'échappe sous la terre.

XIII

Il renaît citoyen ; en moisson de soldats
    Se résout la glèbe aguerrie.
Cérès même et sa faux s'arment pour les combats.
Sur tous ses fils jurant d'affronter le trépas
    Appuyée au loin, la patrie
Brave les rois jaloux, le transfuge imposteur,
    Des paladins le fer gladiateur.
Des Zoïles verbeux l'hypocrite délire.
    Salut, peuple français ! ma main
Tresse pour toi les fleurs que fait naître la lyre.
    Reprends tes droits, rentre dans ton empire.
    Par toi sous le niveau divin
La fière Égalité range tout devant elle.
    Ton choix, de splendeur revêtu,
    Fait les grands. La race mortelle
Par toi lève son front si longtemps abattu.
Devant les nations, souverains légitimes,
Ces fronts, dits souverains, s'abaissent. La vertu
    Des honneurs aplanit les cimes.

XIV

O peuple deux fois né ! peuple vieux et nouveau !
    Tronc rajeuni par les années !
Phénix sorti vivant des cendres du tombeau !
Et vous aussi, salut, vous, porteurs du flambeau
    Qui nous montra nos destinées !
Paris vous tend les bras, enfants de notre choix !
    Pères d'un peuple, architectes des lois !

Pour l'homme un code solennel,
Sur tous ses premiers droits sa charte antique et pure ;
Ses droits sacrés, nés avec la nature,;
Contemporains de l'Éternel,
Vous avez tout dompté. Nul joug ne vous arrête.
Tout obstacle est mort sous vos coups.
Vous voilà montés sur le faîte.
Soyez prompts à fléchir sous vos devoirs jaloux.
Bienfaiteurs, il vous reste un grand compte à nous rendre ;
Il vous reste à borner et les autres et vous ;
Il vous reste à savoir descendre.

XV

Vos cœurs sont citoyens. Je le veux. Toutefois
Vous pouvez tout. Vous êtes hommes.
Hommes ! d'un homme libre écoutez donc la voix.
Ne craignez plus que vous. Magistrats, peuples, rois,
Citoyens, tous tant que nous sommes,
Tout mortel dans son cœur cache, même à ses yeux
L'ambition, serpent insidieux,
Arbre impur que déguise une brillante écorce.
L'empire, l'absolu pouvoir
Ont, pour la vertu même, une mielleuse amorce.
Trop de désirs naissent de trop de force.
Qui peut tout pourra trop vouloir.
Il pourra négliger, sûr du commun suffrage,
Et l'équitable humanité,
Et la décence au doux langage.
L'obstacle nous fait grands. Par l'obstacle excité,
L'homme, heureux à poursuivre une pénible gloire,

Va se perdre à l'écueil de la prospérité,
        Vaincu par sa propre victoire.

XVI

Mais au peuple surtout sauvez l'abus amer
        De sa subite indépendance.
Contenez dans son lit cette orageuse mer.
Par vous seuls dépouillé de ses liens de fer,
        Dirigez sa bouillante enfance.
Vers les lois, le devoir, et l'ordre, et l'équité,
        Guidez, hélas ! sa jeune liberté.
Gardez que nul remords n'en attriste la fête.
        Repoussant d'antiques affronts,
Qu'il brise pour jamais, dans sa noble conquête,
        Le joug honteux qui pesait sur sa tête,
        Sans le poser sur d'autres fronts.
Ah ! ne le laissez pas, dans la sanglante rage
        D'un ressentiment inhumain,
        Souiller sa cause et votre ouvrage.
Ah ! ne le laissez pas, sans conseil et sans frein,
Armant, pour soutenir ses droits si légitimes,
La torche incendiaire et le fer assassin,
        Venger la raison par des crimes.

XVII

Peuple ! ne croyons pas que tout nous soit permis.
        Craignez vos courtisans avides,
O peuple souverain ! A votre oreille admis
Cent orateurs bourreaux se nomment vos amis.
        Ils soufflent des feux homicides.

Aux pieds de notre orgueil prostituant les droits,
    Nos passions pour eux deviennent lois.
La pensée est livrée à leurs lâches tortures.
    Partout cherchant des trahisons,
A nos soupçons jaloux, aux haines, aux parjures,
    Ils vont forgeant d'exécrables pâtures.
    Leurs feuilles noires de poisons
Sont autant de gibets affamés de carnage.
    Ils attisent de rang en rang
    La proscription et l'outrage.
Chaque jour dans l'arène ils déchirent le flanc
D'hommes que nous livrons à la fureur des bêtes.
Ils nous vendent leur mort. Ils emplissent de sang
    Les coupes qu'ils nous tiennent prêtes.

XVIII

Peuple, la Liberté, d'un bras religieux,
    Garde l'immuable équilibre
De tous les droits humains, tous émanés des cieux.
Son courage n'est point féroce et furieux ;
    Et l'oppresseur n'est jamais libre.
Périsse l'homme vil ! périssent les flatteurs
    Des rois, du peuple infâmes corrupteurs !
L'amour du souverain, de la loi salutaire,
    Toujours teint leurs lèvres de miel.
Peur, avarice ou haine est leur Dieu sanguinaire.
    Sur la vertu toujours leur langue amère
    Distille l'opprobre et le fiel.
Hydre en vain écrasé, toujours prompt à renaître,
    Séjans, Tigellins empressés
    Vers quiconque est devenu maître ;

Si, voués au lacet, de faibles accusés
Expirent sous les mains de leurs coupables frères ;
Si le meurtre est vainqueur ; si les bras insensés
    Forcent des toits héréditaires.

XIX

C'est bien. Fais-toi justice, ô peuple souverain,
    Dit cette cour lâche et hardie.
Ils avaient dit : C'EST BIEN, quand, la lyre à la main,
L'incestueux chanteur, ivre de sang romain,
    Applaudissait à l'incendie.
Ainsi de deux partis les aveugles conseils
    Chassent la paix. Contraires, mais pareils,
Dans un égal abîme, une égale démence
    De tous deux entraîne les pas.
L'un, Vandale stupide, dans son humble arrogance,
    Veut être esclave et despote, et s'offense
    Que ramper soit honteux et bas.
L'autre arme son poignard du sceau de la loi sainte ;
    Il veut du faible sans soutien
    Savourer les pleurs ou la crainte.
L'un du nom de sujet, l'autre de citoyen,
Masque son âme inique et de vice flétrie ;
L'un sur l'autre acharnés, ils comptent tous pour rien
    Liberté, vérité, patrie.

XX

De prière, d'encens prodigue nuit et jour,
    Le fanatisme se relève.
Martyrs, bourreaux, tyrans, rebelles tour à tour ;

Ministres effrayants de concorde et d'amour
       Venus pour apporter le glaive ;
Ardents contre la terre à soulever les cieux,
       Rivaux des lois, d'humbles séditieux,
De trouble et d'anathème artisans implacables...
       Mais où vais-je ? L'œil tout-puissant
Pénètre seul les cœurs à l'homme impénétrables.
       Laissons cent fois échapper les coupables,
           Plutôt qu'outrager l'innocent.
Si plus d'un, pour tromper, étale un faux scrupule ;
       Plus d'un, par les méchants conduit,
           N'est que vertueux et crédule.
De l'exemple éloquent laissons germer le fruit.
La vertu vit encore. Il est, il est des âmes
Où la patrie, aimée et sans faste et sans bruit
       Allume de constantes flammes.

XXI

Par ces sages esprits, forts contre les excès,
       Rocs affermis du sein de l'onde,
Raison, fille du temps, tes durables succès
Sur le pouvoir des lois établiront la paix.
       Et vous, usurpateurs du monde,
Rois, colosses d'orgueil, en délices noyés,
       Ouvrez les yeux : hâtez-vous. Vous voyez
Quel tourbillon divin de vengeances prochaines
       S'avance vers vous. Croyez-moi,
Prévenez l'ouragan et vos chutes certaines.
       Aux nations déguisez mieux vos chaînes ;
           Allégez-leur le poids d'un roi.
Effacez de leur sein les livides blessures,

Traces de vos pieds oppresseurs.
Le ciel parle dans leurs murmures.
Si l'aspect d'un bon roi peut adoucir vos mœurs ;
Ou si le glaive ami, sauveur de l'esclavage,
Sur vos fronts suspendu, peut éclairer vos cœurs
D'un effroi salutaire et sage ;

XXII

Apprenez la justice ; apprenez que vos droits
Ne sont point votre vain caprice.
Si votre sceptre impie ose frapper les lois,
Parricides, tremblez ; tremblez, indignes rois.
La Liberté législatrice,
La sainte. Liberté, fille du sol français,
Pour venger l'homme et punir les forfaits,
Va parcourir la terre en arbitre suprême.
Tremblez ; ses yeux lancent l'éclair.
Il faudra comparaître et répondre vous-même,
Nus, sans flatteurs, sans cour, sans diadème,
Sans gardes hérissés de fer.
La Nécessité traîne, inflexible et puissante,
A ce tribunal souverain,
Votre majesté chancelante :
Là seront recueillis les pleurs du genre humain :
Là, juge incorruptible, et la main sur sa foudre,
Elle entendra le peuple, et les sceptres d'airain
Disparaîtront, réduits en poudre.

II

—————

I

J'ai vu sur d'autres yeux, qu'amour faisait sourire,
    Ses doux regards s'attendrir et pleurer,

. . . .

Et du miel le plus doux que sa bouche respire
    Une autre bouche s'enivrer.

Et quand sur mon visage inquiet, tourmenté,
    Une sueur involontaire
Exprimait le dépit de mon cœur agité,
Un coup d'œil caressant furtivement jeté
Tempérait dans mon sein cette souffrance amère.
        Ah ! dans le fond de ses forêts
        Le ramier déchiré de traits
        Gémit au moins sans se contraindre ;
        Et le fugitif Actéon,
        Percé par les traits d'Orion,
        Peut l'accuser et peut se plaindre.

II

AUX PREMIERS FRUITS DE MON VERGER

Précurseurs de l'automne, ô fruits nés d'une terre
Où l'art industrieux, sous ses maisons de verre,
Des soleils du Midi sait feindre les chaleurs,
Allez trouver Fanny, cette mère craintive.

A sa fille aux doux yeux, fleur débile et tardive,
   Rendez la force et les couleurs.

Non qu'un péril funeste assiège son enfance ;
Mais du cœur maternel la tendre défiance
N'attend pas le danger qu'elle sait trop prévoir.
Et Fanny, qu'une fois les destins ont frappée,
Soupçonneuse et longtemps de sa perte occupée,
   Redoute de loin leur pouvoir.

L'été va dissiper de si promptes alarmes,
Nous devons en naissant tous un tribut de larmes.
Les siennes ont déjà trop satisfait aux Dieux.
Sa beauté, ses vertus, ses grâces naturelles,
N'ont point des Dieux sans doute, ainsi que des mortelles
   Armé le courroux envieux.

Belle bientôt comme elle, au retour d'Érigone
L'enfant va ranimer, nourrisson de Pomone,
Ce front que de Borée un souffle avait terni.
Oh ! de la conserver, cieux, faites votre étude ;
Que jamais la douleur, même l'inquiétude,
   N'approchent du sein de Fanny.

Que n'est-ce encor ce temps et d'amour et de gloire
Qui de Pollux, d'Alceste, a gardé la mémoire,
Quand un pieux échange apaisait les enfers !
Quand les trois sœurs pouvaient n'être point inflexibles,
Et qu'au prix de ses jours, de leurs ciseaux terribles
   On rachetait des jours plus chers !

Oui, je voudrais alors qu'en effet toute prête,
La Parque, aimable enfant, vînt menacer ta tête,

Pour me mettre en ta place et te sauver le jour ;
Voir ma trame rompue à la tienne enchaînée ;
Et Fanny s'avouer par moi seul fortunée,
    Et s'applaudir de mon amour

Oh ! de quel doux regard, à mon heure dernière,
Elle viendrait chercher ma mourante paupière !
Oh ! quelle douce voix m'appellerait en vain !
De quel doux souvenir ma mort serait suivie !
O chimère ! ô souhait ! ô d'une noble vie
    Plus noble et plus heureuse fin !

Sur ses pieds délicats ma bouche défaillante
Savourerait la mort ; et mon âme expirante
Du bonheur d'une mère irait payer les Dieux.
Je voudrais seulement que, du moins, sur la terre
Où dormiraient mes os, s'élevât une pierre
    Qui fût voisine de ses yeux.

Ma tombe quelque jour troublerait sa pensée.
Quelque jour, à sa fille entre ses bras pressée,
L'œil humide peut-être, en passant près de moi :
« Celui-ci, dirait-elle, à qui je fus bien chère.
Fut content de mourir, en songeant que ta mère
    N'aurait point à pleurer sur toi. »

III

Non, de tous les amants les regards, les soupirs
    Ne sont point des pièges perfides.
Non, à tromper des cœurs délicats et timides
    Tous ne mettent point leurs plaisirs.

   Toujours la feinte mensongère
Ne farde point de pleurs, vains enfants des désirs,
  Une insidieuse prière.

Non, avec votre image, artifice et détour,
   Fanny, n'habitent point une âme ;
Des yeux, pleins de vos traits, sont à vous. Nulle femme
   Ne leur paraît digne d'amour,
   Ah ! la pâle fleur de Clytie
Ne voit au ciel qu'un astre ; et l'absence du jour
   Flétrit sa tête appesantie.

Des lèvres d'une belle un seul mot échappé
   Blesse d'une trace profonde
Le cœur d'un malheureux qui ne voit qu'elle au monde.
   Son cœur pleure en secret frappé,
   Quand sa bouche feint de sourire.
Il fuit ; et jusqu'au jour, de son trouble occupé,
   Absente, il ose au moins lui dire :

« Fanny, belle adorée, aux yeux doux et sereins,
   Heureux qui n'ayant d'autre envie
Que de vous voir, vous plaire et vous donner sa vie,
   Oublié de tous les humains,
   Près d'aller rejoindre ses pères,
Vous dira, vous pressant de ses mourantes mains :
   Crois-tu qu'il soit des cœurs sincères ? »

IV

Fanny, l'heureux mortel qui près de toi respire
Sait, à te voir parler, et rougir, et sourire,

De quels hôtes divins le ciel est habité.
La grâce, la candeur, la naïve innocence
      Ont, depuis ton enfance,
De tout ce qui peut plaire enrichi ta beauté.

Sur tes traits où ton âme imprime sa noblesse,
Elles ont su mêler aux roses de jeunesse
Ces roses de pudeur, charmes plus séduisants,
Et remplir tes regards, tes lèvres, ton langage,
      De ce miel dont le sage
Cherche lui-même en vain à défendre ses sens.

Oh ! que, n'ai-je moi seul tout l'éclat et la gloire
Que donnent les talents, la beauté, la victoire,
Pour fixer sur moi seul ta pensée et tes yeux !
Que, loin de moi, ton cœur soit plein de ma présence,
      Comme, dans ton absence,
Ton aspect bien-aimé m'est présent en tous lieux !

Je pense : Elle était là. Tous disaient : « Qu'elle est
Tels furent ses regards, sa démarche fut telle,   [belle !
Et tels ses vêtements, sa voix et ses discours.
Sur ce gazon assise, et dominant la plaine,
      Des méandres de Seine,
Rêveuse, elle suivait les obliques détours.

Ainsi dans les forêts j'erre avec ton image ;
Ainsi le jeune faon, dans son désert sauvage,
D'un plomb volant percé, précipite ses pas.
Il emporte en fuyant sa mortelle blessure ;
      Couché près d'une eau pure,
Palpitant, hors d'haleine, il attend le trépas.

V

Mais de moins de roses, l'automne
De moins de pampres se couronne,
Moins d'épis flottent en moissons,
Que sur mes lèvres, sur ma lyre,
Fanny, tes regards, ton sourire,
Ne font éclore de chansons.

Les secrets pensers de mon âme
Sortent en paroles de flamme,
A ton nom doucement émus.
Ainsi la nacre industrieuse
Jette sa perle précieuse,
Honneur des sultanes d'Ormuz.

Ainsi sur son mûrier fertile,
Le ver du Cathay mêle et file
Sa trame étincelante d'or.
Viens : mes Muses, pour ta parure,
De leur soie immortelle et pure
Versent un plus riche trésor.

Les perles de la poésie
Forment, sous leurs doigts d'ambroisie,
D'un collier le brillant contour.
Viens, Fanny, que ma main suspende
Sur ton sein cette noble offrande...
. . . .

VI

A FANNY MALADE

Quelquefois un souffle rapide
Obscurcit un moment sous sa vapeur humide
L'or, qui reprend soudain sa brillante couleur :
Ainsi du Sirius, ô jeune bien-aimée,
  Un moment l'haleine enflammée
De ta beauté vermeille a fatigué la fleur.

De quel tendre et léger nuage
Un peu de pâleur douce, épars sur ton visage,
Enveloppa tes traits calmes et languissants !
Quel regard, quel sourire, à peine sur ta couche
  Entr'ouvraient tes yeux et ta bouche !
Et que le miel coulait de tes faibles accents !

Oh ! qu'une belle est plus à craindre,
Alors qu'elle gémit, alors qu'on peut la plaindre,
Qu'on s'alarme pour elle. Ah ! s'il était des cœurs,
Fanny, que ton éclat eût trouvés insensibles,
  Ils ne resteraient point paisibles
Près de ton front voilé de ces douces langueurs.

Oui, quoique meilleure et plus belle,
Toi-même cependant tu n'es qu'une mortelle ;
Je le vois. Mais du ciel, toi, l'orgueil et l'amour,
Tes beaux ans sont sacrés. Ton âme et ton visage
  Sont des Dieux la divine image ;
Et le ciel s'applaudit de t'avoir mise au jour.

Le ciel t'a vue en tes prairies
Oublier tes loisirs, tes lentes rêveries,
Et tes dons et tes soins chercher les malheureux ;
Tes délicates mains à leurs lèvres amères
          Présenter des sucs salutaires,
Ou presser d'un lin pur leurs membres douloureux.

          Souffrances que je leur envie !
Qu'ils eurent de bonheur de trembler pour leur vie,
Puisqu'ils virent sur eux tes regrets caressants !
Et leur toit rayonner de ta douce présence,
          Et la bonté, la complaisance,
Attendrir tes discours, plus chers que tes présents !

          Près de leur lit, dans leur chaumière,
Ils crurent voir descendre un ange de lumière,
Qui des ombres de mort dégageait leur flambeau ;
Leurs cœurs étaient émus, comme aux yeux de la Grèce
          La victime qu'une Déesse
Vint ravir à l'Aulide, à Calchas, au tombeau.

          Ah ! si des douleurs étrangères
D'une larme si noble humectent tes paupières
Et te font des destins accuser la rigueur,
Ceux qui souffrent pour toi, tu les plaindras peut-être ;
          Et les douleurs que tu fais naître
Ont-elles moins le droit d'intéresser ton cœur ?

Troie, antique honneur de l'Asie,
Vit le prince expirant des guerriers de Mysie
D'un vainqueur généreux éprouve les bienfaits.
D'Achille désarmé la main amie et sûre

Toucha sa mortelle blessure,
Et soulagea les maux qu'elle-même avait faits.

A tous les instants rappelée,
Ta vue apaise ainsi l'âme qu'elle a troublée.
Fanny, pour moi ta vue est la clarté des cieux,
Vivre est te regarder, et t'aimer, te le dire ;
Et quand tu daignes me sourire,
Le lit de Vénus même est sans prix à mes yeux.

VII

O Versaille, ô bois, ô portiques,
Marbres vivants, berceaux antiques,
Par les Dieux et les rois Élysée embelli,
A ton aspect, dans ma pensée,
Comme sur l'herbe aride une fraîche rosée,
Coule un peu de calme et d'oubli.

Paris me semble un autre empire,
Dès que chez toi je vois sourire
Mes pénates secrets couronnés de rameaux ;
D'où souvent les monts et les plaines
Vont dirigeant mes pas aux campagnes prochaines,
Sous de triples cintres d'ormeaux.

Les chars, les royales merveilles,
Des gardes les nocturnes veilles,
Tout a fui ; des grandeurs tu n'es plus le séjour :
Mais le sommeil, la solitude,
Dieux jadis inconnus, et les arts et l'étude,
Composent aujourd'hui ta cour.

15

Ah ! malheureux ! à ma jeunesse
Une oisive et morne paresse
Ne laisse plus goûter les studieux loisirs.
Mon âme, d'ennui consumée,
S'endort dans les langueurs. Louange et renommée
N'inquiètent plus mes désirs.

L'abandon, l'obscurité, l'ombre,
Une paix taciturne et sombre,
Voilà tous mes souhaits. Cache mes tristes jours,
Et nourris, s'il faut que je vive,
De mon pâle flambeau la clarté fugitive,
Aux douces chimères d'amours.

L'âme n'est point encor flétrie,
La vie encor n'est point tarie,
Quand un regard nous trouble et le cœur et la voix
Qui cherche les pas d'une belle,
Qui peut ou s'égayer ou gémir auprès d'elle,
De ses jours peut porter le poids.

J'aime ; je vis. Heureux rivage !
Tu conserves sa noble image,
Son nom, qu'à tes forêts j'ose apprendre le soir ;
Quand, l'âme doucement émue,
J'y reviens méditer l'instant où je l'ai vue,
Et l'instant où je dois la voir.

Pour elle seule encore abonde
Cette source, jadis féconde,
Qui coulait de ma bouche en sons harmonieux.
Sur mes lèvres tes bosquets sombres

Forment pour elle encor ces poétiques nombres,
    Langage d'amour et des Dieux.

    Ah ! témoin des succès du crime,
    Si l'homme juste et magnanime
Pouvait ouvrir son cœur à la félicité,
    Versailles, tes routes fleuries,
Ton silence, fertile en belles rêveries,
    N'auraient que joie et volupté.

    Mais souvent tes vallons tranquilles,
    Tes sommets verts, tes frais asiles,
Tout à coup à mes yeux s'enveloppent de deuil.
    J'y vois errer l'ombre livide
D'un peuple d'innocents qu'un tribunal perfide
    Précipite dans le cercueil.

VIII

    Mais la haineuse ingratitude
A taire les bienfaits seule met son étude.
    La reconnaissance aux doux yeux,
Au souris caressant, à la longue mémoire,
Parle, et des Dieux chérie, est l'amour et la gloire
    Des mortels semblables aux Dieux.

    Quel fugitif, d'un pied colère,
Va renverser l'autel qui lui fut tutélaire ?
    Quel nageur sauvé du trépas
Brûle son bienfaiteur, le roseau du rivage ?
Quel rossignol ne chante, à couvert de l'orage,
    L'ormeau qui lui tendit les bras ?

Ainsi pour ces molles prairies
Que Versaille, au retour des Pléiades fleuries,
Étendit sous mes pas errants ;
Pour ces eaux, ces zéphyrs, l'ombre fraîche et secrète,
Dont il a du lion, sur ma douce retraite,
Tempéré les feux dévorants ;
Ma muse en poétique offrande
Lui tressa l'amaranthe, immortelle guirlande
D'où vient donc, etc...

IX

A CHARLOTTE DE CORDAY

Éxécutée le 18 juillet 1793.

Quoi ! tandis que partout, ou sincères ou feintes,
Des lâches, des pervers, les larmes et les plaintes
Consacrent leur Marat parmi les immortels ;
Et que, prêtre orgueilleux de cette idole vile,
Des fanges du Parnasse un impudent reptile
Vomit un hymne infâme au pied de ses autels ;

La vérité se tait ! dans sa bouche glacée,
Des liens de la peur sa langue embarrassée
Dérobe un juste hommage aux exploits glorieux !
Vivre est-il donc si doux ? De quel prix est la vie,
Quand, sous un joug honteux, la pensée asservie,
Tremblante au fond du cœur, se cache à tous les yeux ?

Non, non, je ne veux point t'honorer en silence,
Eoi qui crus par ta mort ressusciter la France,

Et dévouas tes jours à punir des forfaits.
Le glaive arma ton bras, fille grande et sublime,
Pour faire honte aux Dieux, pour réparer leur crime,
Quand d'un homme à ce monstre ils donnèrent les traits.

Le noir serpent, sorti de sa caverne impure,
A donc vu rompre enfin sous ta main ferme et sûre
Le venimeux tissu de ses jours abhorrés !
Aux entrailles du tigre, à ses dents homicides,
Tu revins redemander et les membres livides
Et le sang des humains qu'il avait dévorés !

Son œil mourant t'a vue, en ta superbe joie,
Féliciter ton bras et contempler ta proie.
Ton regard lui disait : « Va, tyran furieux,
Va, cours frayer la route aux tyrans tes complices.
Te baigner dans le sang fut tes seules délices,
Baigne-toi dans le tien et reconnais des Dieux. »

La Grèce, ô fille illustre, admirant ton courage,
Épuiserait Paros pour placer ton image
Auprès d'Harmodius, auprès de son ami ;
Et des chœurs sur ta tombe, en une sainte ivresse,
Chanteraient Némésis, la tardive Déesse,
Qui frappe le méchant sur son trône endormi.

Mais la France à la hache abandonne ta tête.
C'est au monstre égorgé qu'on prépare une fête,
Parmi ses compagnons, tous dignes de son sort.
Oh ! quel noble dédain fait sourire ta bouche,
Quand un brigand, vengeur de ce brigand farouche,
Crut te faire pâlir aux menaces de mort !

C'est lui qui dut pâlir ; et tes juges sinistres,
Et notre affreux sénat, et ses affreux ministres,
Quand, à leur tribunal, sans crainte et sans appui,
Ta douceur, ton langage et simple et magnanime,
Leur apprit qu'en effet, tout puissant qu'est le crime,
Qui renonce à la vie est plus puissant que lui.

Longtemps, sous les dehors d'une allégresse aimable,
Dans ses détours profonds ton âme impénétrable
Avait tenu cachés les destins du pervers.
Ainsi, dans le secret amassant la tempête,
Rit un beau ciel d'azur, qui cependant s'apprête
A foudroyer les monts et soulever les mers.

Belle, jeune, brillante, aux bourreaux amenée,
Tu semblais t'avancer sur le char d'hyménée,
Ton front resta paisible, et ton regard serein.
Calme sur l'échafaud, tu méprisas la rage
D'un peuple abject, servile et fécond en outrage,
Et qui se croit alors et libre et souverain.

La vertu seule est libre. Honneur de notre histoire,
Notre immortel opprobre y vit avec ta gloire,
Seule, tu fus un homme et vengeas les humains,
Et nous, eunuques vils, troupeau lâche et sans âme,
Nous savons répéter quelques plaintes de femme,
Mais le fer pèserait à nos débiles mains.

Non ; tu ne pensais pas qu'aux mânes de la France
Un seul traître immolé suffît à sa vengeance,
Ou tirât du chaos ses débris dispersés.
Tu voulais, enflammant les courages timides,

Réveiller les poignards sur tous ces parricides,
De rapine, de sang, d'infamie engraissés.

Un scélérat de moins rampe dans cette fange.
La Vertu t'applaudit. De sa mâle louange
Entends, belle héroïne, entends l'auguste voix.
O Vertu, le poignard, seul espoir de la terre,
Est ton arme sacrée, alors que le tonnerre
Laisse régner le crime et te vend à ses lois.

X

STROPHE PREMIÈRE

O mon esprit ! au sein des cieux,
Loint de tes noirs chagrins, une ardente allégresse
Te transporte au banquet des Dieux,
Lorsque ta haine vengeresse,
Rallumée à l'aspect et du meurtre et du sang.
Ouvre de ton carquois l'inépuisable flanc,
De là vole aux méchants ta flèche redoutée,
D'un fiel vertueux humectée,
Qu'au défaut de la foudre, esclave du plus fort,
Sur tous ces pontifes du crime,
Par qui la France, aveugle et stupide victime,
Palpite et se débat contre une longue mort,
Lance ta fureur magnanime.

ANTISTROPHE PREMIÈRE

Tu crois, d'un éternel flambeau
Éclairant les forfaits d'une horde ennemie,

Défendre à la nuit du tombeau
D'ensevelir leur infamie.
Déjà tu penses voir, des bouts de l'univers,
Sur la foi de ma lyre, au nom de ces pervers,
Frémir l'horreur publique ; et d'honneur et de gloire
Fleurir ma tombe et ta mémoire ;
Comme autrefois tes Grecs accouraient à des jeux,
Quand l'amoureux fleuve d'Élide
Eut de traîtres punis vu triompher Alcide ;
Ou quand l'arc Pythien d'un reptile fangeux
Eut purgé les champs de Phocide.

ÉPODE PREMIÈRE

Vain espoir ! inutile soin !
Ramper est des humains l'ambition commune ;
C'est leur plaisir, c'est leur besoin.
Voir fatigue leurs yeux ; juger les importune ;
Ils laissent juger la fortune,
Qui fait juste celui qu'elle fait tout-puissant,
Ce n'est point la vertu, c'est la seule victoire
Qui donne et l'honneur et la gloire :
Teint du sang des vaincus, tout glaive est innocent.

STROPHE DEUXIÈME

Que tant d'opprimés expirants
Aillent aux cieux enfin réveiller le supplice ;
Que sur ces monstres dévorants
Son bras d'airain s'appesantisse ;
Qu'ils tombent ; à l'instant vois-tu leurs noms flétris,
Par leur peuple vénal leurs cadavres meurtris,

Et pour jamais transmise à la publique ivresse
    Ta louange avec leur bassesse ?
Mais si Mars est pour eux, leurs vertus, leurs bienfaits,
    Sont bénis de la terre entière.
Tout s'obscurcit auprès de la splendeur guerrière ;
Elle éblouit les yeux, et sur les noirs forfaits
    Étend un voile de lumière.

ANTISTROPHE DEUXIÈME

    Dès lors l'étranger étonné
Se tait avec respect devant leur sceptre immense ;
    Leur peuple à leurs pieds enchaîné,
    Vantant jusques à leur clémence,
Nous voue à la risée, à l'opprobre, aux tourments,
Nous, de la vertu libre indomptables amants.
Humains, lâche troupeau !... mais qu'importent au sage
    Votre blâme, votre suffrage,
Votre encens, vos poignards, et de flux en reflux
    Vos passions précipitées ?
Il nous faut tous mourir. A sa vie ajoutées
Au prix du déshonneur, quelques heures de plus
    Lui sembleraient trop achetées.

ÉPODE DEUXIÈME

    Lui, grands Dieux ! courtisan menteur,
De sa raison céleste abandonner le faîte,
    Pour descendre à votre hauteur !
En lui-même affermi, comme l'antique athlète,
    Sur le sol où son pied s'arrête,
Il reste inébranlable à tout effort mortel ;

Et laisse avec dédain ce vulgaire imbécile,
          Toujours turbulent et servile,
Flotter de maître en maître et d'autel en autel.

XI

Un vulgaire assassin va chercher les ténèbres ;
          Il nie, il jure sur l'autel.
Mais nous, grands, libres, fiers, à nos exploits funèbres
          A nos turpitudes célèbres,
Nous voulons attacher un éclat immortel.

De l'oubli taciturne et de son onde noire
          Nous savons détourner le cours.
Nous appelons sur nous l'éternelle mémoire.
          Nos forfaits, notre unique histoire,
Parent de nos cités les brillants carrefours.

O gardes de Louis, sous les voûtes royales
          Par nos ménades déchirés,
Vos têtes sur un fer ont, pour nos Bacchanales,
          Orné nos portes triomphales,
Et ces bronzes hideux, nos monuments sacrés.

Tout ce peuple hébété que nul remords ne touche,
          Cruel même dans son repos,
Vient sourire aux succès de sa rage farouche
          Et, la soif encore à la bouche,
Ruminer tout le sang dont il a bu les flots.

Arts dignes de nos yeux ! pompe et magnificence
          Dignes de notre liberté.

Dignes des vils tyrans qui dévastent la France,
　　　Dignes de l'atroce démence
Du stupide David qu'autrefois j'ai chanté !
. . . .
De Barca, du Niger, les désertes arènes
　　　Nourrissent cérastes ardents,
Tigres à l'œil de flamme, implacables hyènes ;
　　　Le bitume flotte en leurs veines ;
Une rage homicide aiguillonne leurs dents.

A de tels compagnons votre juste message
　　　Devait ouvrir votre cité.
Se jeter sur le faible est aussi leur courage.
　　　Ils vivent aussi de carnage.
Voir du sang est aussi leur seule volupté.

Mais n'osez plus flétrir de votre ignare estime
　　　Des mortels semblables aux Dieux.
De leurs mâles écrits quel foudre magnanime
　　　Tonne sur vous et sur le crime !
Ah ! si le crime et vous pouviez baisser les yeux !..

XII

ÉCRIT A SAINT-LAZARE

　　. . . il demande du pain :
On lui donne du sang. Il voit tomber des têtes ;
　　Il chante et ne sent plus la faim.

Byzance, mon berceau, jamais tes janissaires
Du musulman paisible ont-ils forcé le seuil ?
Vont-ils jusqu'en son lit, nocturnes émissaires,
    Porter l'épouvante et le deuil ?

Son harem ne connaît, invisible retraite,
Le choix, ni les projets, ni le nom des vizirs,
Là, sûr du lendemain, il repose sa tête,
    Sans craindre, au sein de ses plaisirs,

Que cent nouvelles lois qu'une nuit a fait naître,
De juges assassins un tribunal pervers,
Lancent sur son réveil, avec le nom du traître,
    La mort, la ruine, ou les fers.

Tes mœurs et ton Coran sur ton sultan farouche
Veillent, le glaive nu, s'il croyait tout pouvoir ;
S'il osait tout braver, et dérober sa bouche
    Au frein de l'antique devoir.

Voilà donc une digue où la toute-puissance
Voit briser le torrent de ses vastes progrès.
Liberté qui nous fuis, tu ne fuis point Byzance ;
    Tu planes sur ses minarets.

XIII

ÉCRIT A SAINT-LAZARE

Mon frère, que jamais la tristesse importune
Ne trouble ses prospérités !

Qu'il remplisse à la fois la scène et la tribune !
    Que les grandeurs et la fortune
Le comblent de leurs biens qu'il a tant souhaités !

Que les Muses, les arts, toujours d'un nouveau lustre
    Embellissent tous ses travaux ;
Et que, cédant à peine à son vingtième lustre,
    De son tombeau la pierre illustre
S'élève radieuse entre tous les tombeaux !

Mais . . . .
    Infortune, honnêtes douleurs,
Souffrance, des vertus superbe et chaste fille,
    Salut. Mes frères, ma famille,
Sont tous les opprimés, ceux qui versent des pleurs,

Ceux que livre à la hache un féroce caprice ;
    Ceux qui brûlent un noble encens.
Aux pieds de la vertu que l'on traîne au supplice,
    Et bravent le sceptre du vice,
Ses caresses, ses dons, ses regards menaçants,

Ceux qui, devant le crime, idole ensanglantée,
    N'ont jamais fléchi les genoux,
Et soudain, à sa vue impie et détestée,
    Sentent leur poitrine agitée
Et s'enflammer leur front d'un généreux courroux.

XIV

LA JEUNE CAPTIVE

Saint-Lazare.

L'épi naissant mûrit de la faux respecté ;
Sans crainte du pressoir, le pampre tout l'été
    Boit les doux présents de l'aurore ;
Et moi, comme lui belle, et jeune comme lui,
Quoi que l'heure présente ait de trouble et d'ennui,
    Je ne veux point mourir encore.

Qu'un stoïque aux yeux secs vole embrasser la mort,
Moi je pleure et j'espère ; au noir souffle du nord
    Je plie et relève ma tête.
S'il est des jours amers, il en est de si doux !
Hélas ! quel miel jamais n'a laissé de dégoûts ?
    Quelle mer n'a point de tempête ?

L'illusion féconde habite dans mon sein.
D'une prison sur moi les murs pèsent en vain,
    J'ai les ailes de l'espérance.
Échappée aux réseaux de l'oiseleur cruel,
Plus vive, plus heureuse, aux campagnes du ciel
    Philomèle chante et s'élance.

Est-ce à moi de mourir ? Tranquille je m'endors,
Et tranquille je veille ; et ma veille aux remords
    Ni mon sommeil ne sont en proie.
Ma bienvenue au jour me rit dans tous les yeux ;

Sur des fronts abattus, mon aspect dans ces lieux
    Ranime presque de la joie.

Mon beau voyage encore est si loin de sa fin !
Je pars, et des ormeaux qui bordent le chemin
    J'ai passé les premiers à peine.
Au banquet de la vie à peine commencé,
Un instant seulement mes lèvres ont pressé
    La coupe en mes mains encor pleine.

Je ne suis qu'au printemps, je veux voir la moisson
Et comme le soleil, de saison en saison,
    Je veux achever mon année.
Brillante sur ma tige et l'honneur du jardin,
Je n'ai vu luire encor que les feux du matin ;..
    Je veux achever ma journée.

O mort ! tu peux attendre ; éloigne, éloigne-toi ;
Va consoler les cœurs que la honte, l'effroi,
    Le pâle désespoir dévore.
Pour moi Palès encore a des asiles verts,
Les Amours des baisers, les Muses des concerts ;
    Je ne veux point mourir encore.

Ainsi, triste et captif, ma lyre toutefois
S'éveillait, écoutant ces plaintes, cette voix,
    Ces vœux d'une jeune captive ;
Et secouant le faix de mes jours languissants,
Aux douces lois des vers je pliais les accents
    De sa bouche aimable et naïve.

Ces chants, de ma prison témoins harmonieux
Feront à quelque amant des loisirs studieux
      Chercher quelle fut cette belle :
La grâce décorait son front et ses discours,
Et, comme elle, craindront de voir finir leurs jours
      Ceux qui les passeront près d'elle.

IAMBES

I

HYMNE
SUR L'ENTRÉE TRIOMPHALE DES SUISSES

RÉVOLTÉS DU RÉGIMENT DE CHATEAUVIEUX
FÉTÉS A PARIS SUR UNE MOTION DE COLLOT D'HERBOIS

(publié par André Chénier dans le *Journal de Paris*,
15 avril 1792)

Salut, divin triomphe ! entre dans nos murailles !
        Rends-nous ces guerriers illustrés
Par le sang de Désille et par les funérailles
        De tant de Français massacrés.
Jamais rien de si grand n'embellit ton entrée,
        Ni quand l'ombre de Mirabeau
S'achemina jadis vers la voûte sacrée
        Où la gloire donne un tombeau,
Ni quand Voltaire mort, et sa cendre bannie

16

Rentrèrent aux murs de Paris,
Vainqueurs du fanatisme et de la calomnie,
Prosternés devant ses écrits.
Un seul jour peut atteindre à tant de renommée,
Et ce beau jour luira bientôt.
C'est quand tu conduiras Jourdan à notre armée,
Et Lafayette à l'échafaud.
Quelle rage à Coblentz ! quel deuil pour tous ces princes,
Qui, partout diffamant nos lois,
Excitent contre nous et contre nos provinces
Et les esclaves et les rois !
Il sovulaient nous voir tous à la folie en proie.
Que leur front doit être abattu !
Tandis que parmi nous, quel orgueil, quelle joie,
Pour les amis de la vertu !
Pour vous tous, ô mortels, qui rougissez encore,
Et qui savez baisser les yeux !
De voir des échevins, que la Râpée honore,
Asseoir sur un char radieux .
Ces héros que jadis sur les bancs des galères
Assit un arrêt outrageant,
Et qui n'ont égorgé que très peu de nos frères,
Et volé que très peu d'argent.
Eh bien, que tardez-vous, harmonieux Orphées ?
Si sur la tombe des Persans
Jadis Pindare, Eschyle ont dressé des trophées,
Il faut de plus nobles accents.
Quarante meurtriers, chéris de Robespierre,
Vont s'élever sur nos autels.
Beaux-arts, qui faites vivre et la toile et la pierre,
Hâtez-vous, rendez immortels
Le grand Collot-d'Herbois, ses clients helvétiques,

Ce front que donne à des héros
La vertu, la taverne, et le secours des piques !
Peuplez le ciel d'astres nouveaux,
O vous ! enfants d'Eudoxe, et d'Hipparque, et d'Euclide.
C'est par vous que les blonds cheveux,
Qui tombèrent du front d'une reine timide,
Sont tressés en célestes feux.
Pour vous, l'heureux vaisseau des premiers Argonautes
Flotte encor dans l'azur des airs.
Faites gémir Atlas sous de plus nobles hôtes,
Comme eux dominateurs des mers.
Que la Nuit de leurs noms embellisse ses voiles,
Et que le nocher aux abois
Invoque en leur Galère, ornement des étoiles,
Les Suisses de Collot-d'Herbois.

II

« Sa langue est un fer chaud. Dans ses veines brûlées
Serpentent des fleuves de fiel. »
— J'ai, douze ans en secret dans les doctes vallées,
Cueilli le poétique miel.
Je veux un jour ouvrir ma ruche tout entière ;
Dans tous mes vers on pourra voir
Si ma muse naquit haineuse et meurtrière.
Frustré d'un amoureux espoir,
Archiloque aux fureurs du belliqueux ïambe
Immole un beau-père menteur ;
Moi, ce n'est point au col d'un perfide Lycambe.
Que j'apprête un lacet vengeur.
Ma foudre n'a jamais tonné pour mes injures.
La patrie allume ma voix ;

La paix seule aguerrit mes pieuses morsures ;
 Et mes fureurs servent les lois.
Contre les noirs Pithons et les hydres fangeuses
 Le feu, le fer arment mes mains ;
Extirper sans pitié les bêtes venimeuses,
 C'est donner la vie aux humains.

III

(A propos de la translation du corps de Marat au Panthéon)

Voûtes du Panthéon, quel mort illustre et rare
 S'ouvre vos dômes glorieux ?
Pourquoi vois-je David qui larmoie, et prépare
 Sa palette qui fait des Dieux ?
O ciel ! faut-il le croire ! ô destins ! ô fortune !...
 O cercueil arrosé de pleurs !
O que ne puis-je ouïr Barère à la tribune,
 Gros de pathos et de douleurs !
Quelle nouvelle en France ! et quel canon d'alarmes
 Dans tous les cœurs a retenti !
Les fils des Jacobins leur adressent des larmes.
 Brissot, qui n'a jamais menti,
Dit avoir vu dans l'air d'exhalaisons impures
 Un noir nuage tournoyer,
Du sang, et de la fange, et toutes les ordures
 Dont se forme un épais bourbier ;
Et soutient que c'était la sale et vilaine âme
 Par qui Marat avait vécu.
De ses jours florissants, par la main d'une femme,
 Ce lien aimable est rompu !
Le Cavados en rit ; mais la potence pleure.

Déjà par un fer meurtrier
Pelletier fut placé dans l'auguste demeure.
Marat vaut mieux que Pelletier.
Nul n'aima tant le sang, n'eut tant de soif des crimes.
Qu'on parle d'un vil scélérat,
Bien que Lacroix, Bourdon, soient des mortels sublimes
Nous ne pensons tous qu'à Marat.
Il était né de droit vassal de la potence.
Il était son plus cher trésor.
Console-toi, gibet. Tu sauveras la France !
Pour tes bras la Montagne encor
Nourrit bien des héros dans ses nobles repaires ;
Le Gendre, *élève de Caton,*
Le grand Collot d'Herbois, fier *patron* des galères,
Plus d'un Robespierre, et Danton,
Thuriot, et Chabot ; enfin toute la bande ;
Et club, commune, tribunal ;
Mais qui peut les compter ? Je te les recommande.
Tu feras l'appel nominal.
Pour chanter à ces saints de dignes litanies,
L'un demande Anacharsis Clotz ;
L'autre veut Cabanis, ou d'autres grands génies ;
Et qui Grouvelle, et qui Laclos.
Mais non ; nous entendrons ces oraisons funèbres ;
De la bouche du bon Garat ;
Puis tu les enverras tous au fond des ténèbres
Lécher le cul du bon Marat.
Que la tombe sur vous, sur vos reliques chères,
Soit légère, ô mortels sacrés ;
Pour qu'avec moins d'efforts, par les dogues vos frères,
Vos cadavres soient déchirés

Par le citoyen ARCHILOQUE MASTIGOPHORE.

IV

(Pour la fête de l'Etre Suprême)

Grâce à notre sénat, le ciel n'est donc plus vide !
    De ses fonctions suspendu,
Dieu . . . .
    Au siège éternel est rendu.
Il va reprendre en main les rênes de la terre.

Il faut espérer qu'après un exil de plusieurs mois il se conduira mieux, etc... et que sa première marque de repentance sera de punir ses nouveaux adorateurs... Quoi ! Dieu tout-puissant, tu souffres que de pareils personnages te louent et t'avouent ; tu endures la dérision avec laquelle ils te bravent, et croient que tu existes quand ils vivent !

Tu ne crains pas qu'au pied de ton superbe trône,
    Spinosa, te parlant tout bas,
Vienne te dire encore : Entre nous, je soupçonne,
    Seigneur, que vous n'existez pas.

Que croiront les mortels, quand ils verront que sous tes yeux, le nom de vertu est prononcé par des bouches qui... ; de probité, par des bouches qui..., d'humanité, par des bouches qui..., et que tout est le sujet de leur basse et dérisoire hypocrisie !

Quoi ! ton œil qui voit tout, sans les réduire en cendre,

pénètre dans les antres affreux, où les Couthon, les Lequinio, couchés sur des cadavres, rongent des ossements humains ! Quoi ! tu ne fais point éclater la foudre, lorsque des hommes entassés sont écrasés sous leurs prisons par l'explosion du canon ! Tu contemples la Loire, le Rhône, la Charente...

Ton œil de leurs pensers sonde les noirs abîmes,
    Ces lacs de soufre et de poisons,
Ces océans bourbeux où fermentent les crimes,
    Que de ses plus ardents tisons.

dévore la plus lâche Euménide... car tu n'es pas réduit comme nous à reconnaître un Collot d'Herbois à ses actions et à la bassesse de son affreux visage... Tu vois au lieu d'un cœur bouillir dans sa poitrine un fétide mélange de bitume, de rage, de haine pour la vertu, de vol, de calomnie et de m..., et de fange... d'où, par sa bouche impure s'exhale la mort des gens de bien, etc. Et tu ne tonnes pas ! et les cris de tant d'infortunés ne montent point jusqu'à toi ! et tu laisses un pauvre diable de poète se charger de leur vengeance et tonner seul sur ces scélérats, et sur l'horrible dicast... (tribunal) et jur... (jury), etc.

Ils croyaient se cacher dans leur bassesse obscure.
. . . .
Sur ses pieds inégaux l'épode vengeresse
    Saura les atteindre pourtant.
Diamant ceint d'azur, Paros, œil de la Grèce,
    De l'onde Égée astre éclatant,
Dans tes flancs où nature est sans cesse à l'ouvrage,
    Pour le ciseau laborieux
Germe et blanchit le marbre honoré de l'image
    Et des grands hommes et des Dieux.
Mais pour graver ainsi la honte ineffaçable,
    Paros de l'ïambe acéré
Aiguisa le burin brûlant, impérissable.
    Fils d'Archiloque, fier André,
Ne détends point ton arc, fléau de l'imposture.
    Que les passants pleins de tes vers,
‑‑‑ siècles, l'avenir, que toute la nature

Crie à l'aspect de ces pervers :
« Hou, les vils scélérats ! les monstres, les infâmes !
De vol, de massacres nourris !
Noirs ivrognes de sang, lâches bourreaux de femmes,
Qui n'égorgent point leurs maris ;
Du fils tendre et pieux, et du malheureux père
Pleurant son fils assassiné ;
Du frère qui n'a point laissé dans la misère
Périr son frère abandonné.
Vous n'avez qu'une vie... ô vampires,
Et vous n'expierez qu'une fois
Tant de morts, et de pleurs, de cendres, de décombres
Qui contre vous lèvent la voix !

———

Ils vivent cependant ; et de tant de victimes
Les cris ne montent point vers toi !
C'est un pauvre poète, ô grand Dieu des armées !
Qui seul, captif, près de la mort,
Attachant à ses vers les ailes enflammées
De ton tonnerre qui s'endort,
De la vertu proscrite embrassant la défense,
Dénonce aux juges infernaux
Ces juges, ces jurés qui frappent l'innocence,
Hécatombe à leurs tribunaux.
Eh bien, fais-moi donc vivre, et cette horde impure
Sentira quels traits sont les miens !
Ils ne sont point cachés dans leur bassesse obscure
Je les vois, j'accours, je les tiens !

... O Dieu, la vertu... *ta fille*
L'innocence, la probité, etc., *ta famille...*

V

(A propos des Noyades de Nantes)

. . . .
Vingt barques, faux tissus de planches fugitives,
    S'entr'ouvrant au milieu des eaux,
Ont-elles, par milliers, dans les gouffres de Loire
    Vomi des captifs enchaînés,
Au proconsul Carrier, implacable après boire,
    Pour son passe-temps amenés ?
Et ces porte-plumets, ces commis de carnage,
    Ces noirs accusateurs Fouquiers,
Ces Dumas, ces jurés, horrible aréopage
    De voleurs et de meurtriers,
Les ai-je poursuivis jusqu'en leurs bacchanales,
    Lorsque, les yeux encore ardents,
Attablés, le bordeaux de chaleurs plus brutales
    Allument leurs fronts impudents,
Ivres et bégayant la crapule et les crimes,
    Ils rappellent avec des ris,
Leurs meurtres d'aujourd'hui, leurs futures victimes
    Et parmi les chansons, les cris,
Trouvent de-çà de-là, sous leur main, sous leur bouche,
    De femmes un vénal essaim,
Dépouilles du vaincu, transfuges de sa couche
    Pour la couche de l'assassin ;
Car ce sexe ébloui de tout semblant de gloire,
    Né l'héritage du plus fort,
Quel que soit le vainqueur suit toujours la victoire ;

D'une lèvre arbitre de mort
Étale le baiser, le brigue avec audace ;
Et pour nulle oppressive main
Leur jupe n'est pesante, et l'épingle tenace
N'a de pointe autour de leur sein.
Le remords est, dit-on, l'enfer où tout s'expie.
Quel remords agite le flanc,
Tourmente le sommeil du tribunal impie
Qui mange, boit, rote du sang ?
Car qui peut noblement de leur bande perverse
Rendre les attentats fameux ?
Ces monstres sont impurs : la lance qui les perce
Sort impure, infecte comme eux.

VI

Quand au mouton bêlant la sombre boucherie
Ouvre ses cavernes de mort,
Pâtres, chiens et moutons, toute la bergerie
Ne s'informe plus de son sort.
Les enfants qui suivaient ses ébats dans la plaine,
Les vierges aux belles couleurs
Qui le baisaient en foule et sur sa blanche laine
Entrelaçaient rubans et fleurs,
Sans plus penser à lui, le mangent s'il est tendre.
Dans cet abîme enseveli
J'ai le même destin. Je m'y devais attendre.
Accoutumons-nous à l'oubli.
Oubliés comme moi dans cet affreux repaire,
Mille autres moutons, comme moi,
Pendus aux crocs sanglants du charnier populaire,
Seront servis au peuple roi,

Que pouvaient mes amis ? Oui, de leur main chérie
        Un mot à travers ces barreaux
Eût versé quelque baume en mon âme flétrie ;
        De l'or peut-être à mes bourreaux...
Mais tout est précipice. Ils ont eu droit de vivre.
        Vivez, amis ; vivez contents.
En dépit de - - soyez lents à me suivre.
        Peut-être en de plus heureux temps
J'ai moi-même, à l'aspect des pleurs de l'infortune,
        Détourné mes regards distraits.
A mon tour aujourd'hui ; mon malheur importune :
        Vivez, amis ; vivez en paix

VII

Comme un dernier rayon, comme un dernier zéphyre
        Animent la fin d'un beau jour,
Au pied de l'échafaud j'essaye encor ma lyre.
        Peut-être est-ce bientôt mon tour.
Peut-être avant que l'heure en cercle promenée
        Ait posé sur l'émail brillant,
Dans les soixante pas où sa route est bornée
        Son pied sonore et vigilant ;
Le sommeil du tombeau pressera ma paupière.
        Avant que de ses deux moitiés
Ce vers que je commence ait atteint la dernière,
        Peut-être en ces murs effrayé
Le messager de mort, noir recruteur des ombres,
        Escorté d'infâmes soldats,
Ébranlant de mon nom ces longs corridors sombres
        Où seul, dans la foule à grands pas

J'erre, aiguisant ces dards persécuteurs du crime,
       Du juste trop faibles soutiens,
Sur mes lèvres soudain va suspendre la rime ;
       Et chargeant mes bras de liens,
Me traîner, amassant en foule à mon passage
       Mes tristes compagnons reclus
Qui me connaissaient tous avant l'affreux message,
       Mais qui ne me connaissent plus.
Eh bien ! j'ai trop vécu. Quelle franchise auguste,
       De mâle constance et d'honneur,
Quels exemples sacrés doux à l'âme du juste,
       Pour lui quelle ombre de bonheur,
Quelle Thémis terrible aux têtes criminelles,
       Quels pleurs d'une noble pitié,
Des antiques bienfaits quels souvenirs fidèles,
       Quels beaux échanges d'amitié,
Font digne de regrets l'habitacle des hommes ?
       La peur fugitive est leur Dieu,
La bassesse, la feinte... Ah ! lâches que nous sommes
       Tous, oui, tous. Adieu, terre, adieu,
Vienne, vienne la mort ! que la mort me délivre !..
       Ainsi donc, mon cœur abattu
Cède au poids de ses maux ? Non, non, puissé-je vivre.
       Ma vie importe à la vertu.
Car l'honnête homme enfin, victime de l'outrage,
       Dans les cachots, près du cercueil,
Relève plus altiers son front et son langage,
       Brillant d'un généreux orgueil.
S'il est écrit aux cieux que jamais une épée
       N'étincellera dans mes mains ;
Dans l'encre et l'amertume une autre arme trempée
       Peut encor servir les humains.

Justice, Vérité, si ma main, si ma bouche,
    Si mes pensers les plus secrets
Ne froncèrent jamais votre sourcil farouche :
    Et si les infâmes progrès,
Si la risée atroce, ou, plus atroce injure,
    L'encens de hideux scélérats
Ont pénétré vos cœurs d'une large blessure ;
    Sauvez-moi. Conservez un bras
Qui lance votre foudre, un amant qui vous venge.
    Mourir sans vider mon carquois !
Sans percer, sans fouler, sans pétrir dans leur fange
    Ces bourreaux barbouilleurs de lois !
Ces vers cadavéreux de la France asservie,
    Égorgée ! ô mon cher trésor,
O ma plume, fiel, bile, horreur, Dieux de ma vie !
    Par vous seuls je respire encor :
Comme la poix brûlante agitée en ses veines
    Ressuscite un flambeau mourant,
Je souffre ; mais je vis. Par vous, loin de mes peines,
    D'espérance un vaste torrent
Me transporte. Sans vous, comme un poison livide,
    L'invisible dent du chagrin,
Mes amis opprimés, du menteur homicide
    Les succès, le sceptre d'airain,
Des bons proscrits par lui la mort ou la ruine,
    L'opprobre de subir sa loi,
Tout eût tari ma vie, ou contre ma poitrine
    Dirigé mon poignard. Mais quoi !
Nul ne resterait donc pour attendrir l'histoire
    Sur tant de justes massacrés ?
Pour consoler leurs fils, leurs veuves, leur mémoire ?
    Pour que des brigands abhorrés

Frémissent aux portraits noirs de leur ressemblance,
    Pour descendre jusqu'aux enfers.
Nouer le triple fouet, le fouet de la vengeance
    Déjà levé sur ces pervers ?
Pour cracher sur leurs noms, pour chanter leur supplice ?
    Allons, étouffe tes clameurs ;
Souffre, ô cœur gros de haine, affamé de justice.
    Toi, vertu, pleure si je meurs.

———

5425-5-36. — RÉGIE IMP. CRÉTÉ. — CORBEIL.